清純派令嬢として転生したけれど、好きに生きると決めました

夏目みや

Miya Natsume

Regina

RB

レジーナ文庫

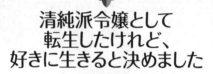

登場人物紹介
アーネット
（イメチェン前）
本来のゲームヒロインの姿であり、
清楚で大人しい令嬢。
ゲーム内では選択次第で
さまざまな可能性が
あったのだけれど……
アーネット
（イメチェン後）
中身は、ある日突然ゲームヒロインに
なってしまった元日本人のあかり。
ライザックのウザい求愛や
周りのプレッシャーにうんざりした結果、
なりたい自分に大変身を遂げた。
アレイス
大国であるルネストンの王子様。
物怖じせずみずからの道を進む
アーネットを気に入り
にこやかに見守ってくれている。

タナトス
教会の神父を務める青年。
貴族の庶子であり、
このままの暮らしを続けるべきか
悩んでいる。
ライザック
ナイール国の王子。
センス最悪で、思い込んだら
一直線のナルシスト。
ヒューゴ
アレイスの側近である有能な青年。
主とは気心が知れており、
彼の溺愛癖もよく知っているため
アーネットに同情的。
クリスティーナ
ライザックの婚約者である令嬢。
一見、意地悪そうな美女だが
実際は曲がったことが嫌いなお姉さま。
シャロン
ルネストン国のわがまま令嬢。
アレイスに好意があるように
振る舞っているのだが――？

目次

清純派令嬢として転生したけれど、好きに生きると決めました　7

書き下ろし番外編
アビーからのエール　343

清純派令嬢として転生したけれど、好きに生きると決めました

大理石の床はシャンデリアの輝きを反射して、まばゆい光を放っている。そのまぶしさに顔をしかめ、私はゆっくりと周囲を見回した。

ここはどこだろう……

自分が誰で、なにをしていたのかもわからない。覚醒《かくせい》したばかりの頭は靄《もや》がかかったみたいにぼんやりとしている。白大理石を基調にした壁に金の蔓《つる》が這う空間――どこかの広間に人が集まり、ざわめいていた。

皆、遠巻きにこちらの様子をうかがうか、ひそひそとささやき合うだけで、誰も近寄ってこない。

広間の中央にある螺旋《らせん》階段の端に立つ私の正面にあるのは、広い男性の背中。

まるで私を庇《かば》うように立つ人物の背中を、不思議な気持ちでじっと見つめていた。

「君はなにをしたのか、わかっているのか」

男性の厳しい声が響くと、辺りはシーンと静まり返る。緊迫した声を聞き、私は肩をびくりと揺らした。

なにが起こっているのかわからず、息を呑み、瞬《まばた》きを繰り返す。

そっと横にずれて、視線を前方に向けると、そこにいたのは美しい女性。

長い金の髪を綺麗に巻き、真っ赤なドレスを身に着けた女性はとても麗《うるわ》しく、そして勝気そうに見えた。

彼女は唇をキュッと噛《か》みしめると、一度うつむいた。

だが、すぐさま顔を上げ、キッと鋭い視線を男性に向け、口を開く。

「お言葉ですがライザック様。私は今、アーネット様とお話をしているのです。誰も食ってかかろうなどと思っていません。まずは落ち着いてください」

女性の声は淡々としていて、感情を押し殺している風にも聞こえた。一方、男性はいらだった声で答える。

「落ち着いてなどいられるものか!!　君がした嫌がらせの数々、今まで我慢していたが、もう限界だ!!」

急にこちらを振り返った男性の顔は、怒りで歪《ゆが》んでいた。

「ほら、アーネットがこんなに脅《おび》えているではないか!!」

男性の声の大きさに驚き、私はよろめく。そしてそのまま、フワッと宙に浮いたような感覚に襲われる。

あ、これ、いつもの貧血……

そう思うと同時に力なく、足から崩れ落ちた。

視界に入っているのは、男性の焦った顔と、その向こうにいる女性の驚いた顔。

後方に倒れ込んだ私はしたたかに後頭部を打ち、意識を手放した──

＊＊＊

まどろみの中、小鳥のさえずる音がどこからか聞こえてくる。

もう朝かしら。

面倒だなぁ、起きたくないわ。だけどそろそろ起きないと、学校に遅刻しちゃう。

うとうとしていたかったが、そっと瞼《まぶた》を開けた。

視界に入ってきたのは高い天井。白を基調とし、蔓《つる》と果実の模様が描かれている。

あれ、私の部屋の壁紙、こんな模様だったかしら。

自分の部屋のはずなのに見覚えがなく、不思議に思い、その場で目を瞬《しばた》かせた。

ボーッとしたまま顔を横に向けると、ベッドカバーが見える。

その白いレース素材の布にも見覚えがないし、子供の頃から愛用していたキャラクターつきのタオルケットも見当たらない。

ここはどこ⁉

自分の部屋じゃないと気づき、目をクワッと見開くと同時に、飛び起きた。

そして、私が寝かされていた部屋の全貌《ぜんぼう》を確かめる。

やけに高級そうで巨大なベッドが置けるだだっぴろい部屋。その他にソファと本棚、壁に飾られた絵画にマントルピースの暖炉《だんろ》がある。それら豪華な調度品に囲まれて寝ていたらしい。

「ここは……どこよ」

これは夢なの？

それとも、旅行に来たんだっけ？　でも、私が泊まるホテルにしては高級すぎる。まさかスイートルーム？　だけどそんなお金はないし、そもそも旅行に出た覚えだってない。

それに、不思議とこの部屋に既視感があるのはなぜ？

どこかで見た光景だと思いながら、キョロキョロと部屋を見回した。シーツをまくり上げ、そろそろとベッドから下りると、ふかふかの絨毯《じゅうたん》の感触。

足下を見て驚愕《きょうがく》した。私が身に着けていたのは、真っ白なネグリジェだったから。

可愛いレース刺繍《ししゅう》のデザインで、裾がひらひらしてロマンチックな雰囲気を醸《かも》し出している。

まるでお姫様が着るようなネグリジェだけど、私、こんな寝間着は持っていない。

愛用のパジャマはタオルケットと同じ、キャラクターつきだったはず。

私の身になにかが起きている……!!

ふと、アンティーク調のドレッサーがあることに気づいた。繊細《せんさい》なレリーフが施《ほどこ》された上品なデザインだ。鏡はぴかぴかに磨かれている。

ドレッサーを視界に入れた途端、ダッシュで駆け出した。

腰を折り、鏡に姿を映した瞬間、息を呑む。

ブラウンのストレートヘアは、長くて艶《つや》がある。そして、ほっそりとしたしなやかな手足に豊満な胸。白い肌にふっくらとした唇、くっきりとした二重瞼《ふたえまぶた》の大きな目に、長いまつ毛。

鏡に映っている絶世の美少女を見て、私は頬に両手を添えて叫んだ。

「アーネット・フォルカーじゃない!!」

ちょっと、これはどういうことなの。なぜ私がアーネットになっているのよ、誰か説明して!!

髪を振り乱し混乱する私だが、そんな姿さえ可愛いな、チクショー。なんて、言葉が荒くなってしまうのも、動揺している今は許してほしい。

状況が把握できず、心臓がバクバクと音を立てる。

冷静になろうと胸に手を当てると、ふくよかな弾力にまたショックを受けた。悔しくなるほどのナイスボディだと実感する。

アーネット・フォルカー。

彼女は私がプレイしていた乙女ゲームの主人公で、十八歳になる、侯爵の一人娘。

以前、私はあるゲームに夢中になっていた。その名も『切り開け乙女の運命』。

このゲームでは、ストーリーが展開していく中でアーネットがさまざまなヒーローと出会う。そして運命の男性と想いを通じ合わせてハッピーエンドになることもあれば、バッドエンドを迎えたり、庶民になって商売を始めたりすることも。隠し要素として王女となり政治に関わるルートもある。

他にも結末はいろいろとあるのだけれど、男などいらんわとばかりに女傑《じょけつ》ルートへ進む場合もあり――

ようは恋愛メインにするかしないかは自分次第の、シミュレーションゲームだ。

一部のルートを除き、アーネットのゲームにおける設定は、完全なる清純派だった。物静かでおっとりしていて、控えめで優しい女性。それこそ男性のみならず、女性からも好かれ、絶世の美少女で性格もよしといった嫌味のないキャラ。

ゲームをプレイしながら思ったものだ。

『うわー。こんな完璧な女性と友人になりたくないわー』と。

もし友人になったら、自分なんて完全なる引き立て役だろう。そんな心の狭いことを考える自分が嫌だが、思ってしまうものはしょうがない。

だけどなぜ、よりによってアーネット・フォルカーになっているのだ、私が。

小説とかゲームでよくある展開なら、悪役令嬢に転生するのじゃなくて？

そしてバッドエンドを防ぐため、奔走《ほんそう》するのでしょう？　そうでしょう？

私の本名は大沢《おおさわ》あかり。

趣味はゲームと、某女性歌劇団のＤＶＤ鑑賞。いたって普通の高校三年生で、受験勉強の息抜きに購入したのが、このゲームだった。

まあ、息抜きというより没頭《ぼっとう》していましたよ。いい加減、勉強に本腰を入れないとやばいと気づき、ゲームを封印するまでは。

本当になぜ、こんなことになっているのだろう。なぜ、私がアーネットになっているの。

どれだけ考えてみても、原因は思い当たらない。

……うん、これは夢なのかもしれないわ。

そう思い、いそいそとベッドへ戻る。

ふかふかのベッドに身を倒し、再び体を休めた。それから天井の模様をじっと眺めながら考える。

夢、なのよね。もうしばらくしたら起きるはずだわ。

そうして、いつもの日常が始まるはず――

自分に言い聞かせて、静かに瞼《まぶた》を閉じる。

その時、扉が控えめにノックされ、人の足音がした。仕方がないので返事をして、そっと上半身を起こす。

入室してきたのは一人の女性だった。

侍女の服を身に着け、一つにまとめた黒色の髪に、スラッと背の高い彼女は、確かアーネットのお付きの女性のはず。名前は……

「エミリー」

自然と口から出た。

名前を呼ばれた彼女はホッとした顔をしつつ、手にしていた水差しをテーブルに置き、こちらに駆け寄ってきた。

「アーネット様、お加減はいかがでしょうか」

感極まった様子で目が潤《うる》んでいる。

「えっ、ええ、大丈夫よ。私はいったい……」

そもそも、なぜベッドに寝かされていたのだろうと不思議に思って首を傾げた時、後頭部がズキンと痛んだので、思わず顔を歪《ゆが》めた。

エミリーは慌てふためき、身を乗り出してくる。

「無理をなさらないでください」

そう言ってシーツを手に取り、私を寝かしつけようとする。エミリーの強引さに戸惑いつつも、聞いてみた。

「私はどうしたのかしら？　なんだか記憶が曖昧《あいまい》で……」

エミリーは少しの間の後、説明してくれた。

「足元が悪くてお転びになったそうです。頭を打ったので、どうか安静に願います」

恐る恐る後頭部へ手を当ててみると、確かにポッコリと盛り上がっている。たんこぶに違いない。

夢なのに、やけにリアルだわ。

ベッドに横になり、天井を見つめながら、自分がアーネットになっている理由を再び考えた。

しかし、やっぱりらちがあかない。あまりにゲームに夢中になっていたので、こんな夢を見ているのかしら？

でもまあ、そうだとしたら、そのうちに覚めるだろう。

目が覚めるまでは、この夢の中の生活を楽しもう。

そう割り切った時、大きな音を立てて扉が開いた。

「アーネット!!」

驚きのあまりビクッと肩を揺らし、上半身を起こす。すると、慌てた様子の男性が息を切らして部屋に入ってきたところだった。

男性は両手を広げ、私に近づいてくる。

「ああ、大丈夫だったかい!? 気が気じゃなかったよ」

いきなり入室し、しかも大きい声を出して、大げさな仕草で近づいてくる男性は不審極まりない。そもそもノックぐらいしなさいよ。私の側に立つエミリーも驚いた様子だが、注意せずに一歩後ろに下がり、そっと頭《こうべ》を垂れた。

「アーネット、僕の天使よ。君が倒れた時、心臓がその場で止まってしまうかと思ったよ」

芝居がかった台詞《せりふ》を、まるで息をするかのように口にする男性に、目が点になる。

そこで男性をまじまじと見た。

柔らかな金の髪はややクセがあるが、艶《つや》もある。新緑色《しんりょくしょく》の瞳はキラキラと輝き、私を見据えていた。中性的な雰囲気を持っていて、目を惹く人だと思う。ただ、胸元を飾るスカーフの柄がどうにも気になった。地の色が紫と黄色で、赤い水玉模様がついているのだ。奇抜なデザインのスカーフに、顔の美しさが半減して見える。

なぜ、そのスカーフなのだろう。眉間に皺《しわ》を寄せ、ジッと見てしまう。

それに彼が入室してきた途端、ムワッとするほど甘い香水の匂いが部屋中に漂《ただよ》った。

甘すぎる香りは苦手だ。

男性はベッド脇で膝を折ると、そっと私の手を取った。

「どうしたんだい、僕をそんなに見つめるなんて」

真っ直ぐに見つめてくる男性を見て、やっと気づいた。

彼はこの国の王子、ライザック・ナイールだ。

確か、彼は――

「ライザック様はクリスティーナ様と……」

そう、彼はアンドラ侯爵家の令嬢、クリスティーナと婚約していたはずだ。それなのになぜ、私の部屋にいるの。

クリスティーナの名を出した瞬間、ライザックはスッと目を細めた。そして手にギュッと力を込め、口を開く。

「アーネット。僕は決めたよ」

「なにをですか？」

私をじっと見つめながら、彼はさも重大な決意かのように続けた。

「僕はクリスティーナと婚約を解消しようと思う」

ライザックは口を真一文字に結び、決定事項だとばかりの顔だ。

えっと、確かクリスティーナとライザックは幼い頃に両家で決めた婚約者同士だった。お互い申し分ない身分だし、良縁じゃない。それをなぜ解消するのだろう。

そして、どうしてわざわざ私に告げるの？

「まぁ……。それは大変ですね」

簡単に婚約破棄するなんて言うけどさー、両家の関係とかもあるじゃない？　なのに一方的に断ったら、随分な醜聞《しゅうぶん》になる。

そもそも、個人の意思でできることじゃないと思う。それこそ、ドロドロの展開が待ち受けてそうだわ。

まあ、私のことは巻き込まないでくださいね。

あとそろそろ、握った手を離してくださいません？

ライザックにギュッと握られた手を抜こうとしても、なかなか抜けやしない。笑顔でグッと力を込めると、ライザックの顔に笑みが浮かぶ。

「ああ、アーネット。僕の決意を聞いて、それほどまでの笑顔を見せてくれるなんて、僕は幸せ者だよ」

いや、違うってば。

背筋がぞわぞわしたため、強く手を引き抜き、やっと解放された。再び捕らわれちゃかなわんと、シーツの下に手を引っ込める。

ライザックはにっこり微笑むと、スッと立ち上がった。

「じゃあ、また来るから。安静にして、僕を待っていてほしい」

キラキラした目で見つめられているけど、そんなことよりもライザックの胸元のスカーフの柄が気になって仕方ない。奇抜な色彩とデザインで、とにかく目に優しくないのだ。

なにも言えることはないため無言でいる私をどう勘違いしたのか、ライザックは両手を広げ、名残惜《なごりお》しそうな仕草を見せた。

「ああ、そんな悲しい顔をしないでおくれ。僕まで離れがたくなってしまう!!」

次から次へと芝居がかった台詞《せりふ》を口にするライザックは、まるで異次元の生物みたいだ。まったく理解できない。沈黙を続ける私に、彼はニコッと微笑んだ後、片目をつぶってみせた。

「じゃあ、僕はいくよ。必ずまた来ると約束しよう」

や、結構です。

喉まで出かかった言葉をグッと呑み込んだ私。ライザックはこちらの心中など知らずに、笑顔のまま退室した。扉がバタンと閉まった音を聞き、やっと落ち着く。

な、なんなの、あの人……

えっと、ライザックはこの国の麗《うるわ》しい王子様……だと思っていた。少なくともゲームの画面越しに見る彼は。ゲームの中では普通にイケメンだったのに、実際に目にした彼は服装のセンスが最悪だ。それに内面も、かなりイタイ。もしやこのゲーム、バグったか。

ゲームの中では、ライザックとの未来を選ぶことも、拒否することも自由だった。

私は、ゲームの彼も強引さが鼻について、あまり好きなタイプではなかった。それでいつも華麗にスルーする方針を取っていたが、なにせライザックはぐいぐいと積極的にくるし、大人しい性格のアーネットは、はっきりと拒否できないことが多かったのだ。そもそも強気に出られるキャラじゃないしなぁ、アーネットは。だが夢の中とはいえ、アーネットの立場になってみて確信する。

ライザックはない。あり得ない。

ここはプレーヤーとして、彼の好意をスルーしたい。

さきほどの様子を見るに、ライザックはゲームと同様に私、アーネットのことが好きなのだろう。……うん、認めたくないけど、好意をビシバシ感じた。

部屋の隅に控えていたエミリーが、水差しをベッド脇へ運んできた。なので思い切って聞いてみる。

「ライザック様は、いつもあんななの？」

エミリーは言葉に詰まったのち、首を傾げた。

「あんな、とはどのような意味でしょうか？」

上手いな、エミリー。質問に質問で返し、とぼけている。まあ、エミリーの立場で下手にライザックのことを語れまい。それこそ間違って本人の耳に入れば、不敬罪に問われかねないのだから。

これ以上、エミリーを追及するのはやめよう。そう思い、ベッドに横になる。

「……ちょっと、疲れたわ」

呟くと、エミリーがそっとシーツを肩にかけてくれた。

「少しお休みになってください。アーネット様は転倒なさったのですから」

「わかったわ」

どこで転倒したのかも、記憶が曖昧《あいまい》だ。

ただ、今はすごく疲れていて思い返す気力もない。私は高い天井を見つめながら、静かに瞼《まぶた》を閉じたのだった。


『切り開け乙女の運命』の舞台となるナイール国は、これといった資源や特産品のない、小さな国だ。

悲惨なくらいに貧乏というわけではないが、決して豊かではない、海に囲まれたこぢんまりとした国。海を隔《へだ》てた隣のルネストン国などとは、比べものにならない小国である。

『資源もナイ、特産品もナイ、なんにもナイ、ナイール国』――そんな自虐的な歌を自国の子供たちが歌うほどの国。自然だけはたっぷりとあるけどね。

そんな国で、主人公は自分自身の生き方を切り開いていく。

恋愛に走るもよし、商売に走るもよし、政治に走るもよし。

乙女ゲーではあるけど、人生のシミュレーションという要素が強かったっけ。

私はというと、恋愛に走るつもりが、なぜか農民になって広大な畑を耕《たがや》すエンドや、はたまた海を駆け巡る女海賊エンドを迎えたなぁ。

改めて考えると、なんでもありだな、オイ。

そして、なぜか今見てるこの夢のアーネットはライザック王子と急接近しているらしい。ってことは恋愛ルートなのかしら？　だとしても相手に不満あり、おおありだ。

まあ、なんにせよ、目が覚めたら現実に戻るはず。

そう、これは夢なのだから――


小鳥のさえずりが窓の外から聞こえる。

カーテンが引かれる音がして、日差しが部屋に入り込み、まぶしさにピクピクと瞼《まぶた》が動く。

「おはようございます、気持ちのいい朝ですよ」

私を起こす声にゆっくり目を開けると、視界に入ってきたのは高い天井。そしてエミリーの姿。

なんて長い夢なのだろうか。

ぼんやりと思いながら、上半身を起こした。

「体調はいかがですか？」

気遣うような視線と共に尋ねてくるエミリーに答える。

「ああ、うん。体調は大丈夫よ、体調は」

だが、頭の方がどうもおかしい。だって、なかなか夢から覚めないのだから。

あくびをしつつ背伸びをした。するとエミリーが驚いた顔をしてこちらを見つめる。

「どうしたの？」

首を傾げて聞いた私に、エミリーがハッとして答えた。

「いえ、長年アーネット様にお仕えしていますが、あくびをなさっているのを初めて見ました」

変なところで感心するものだと、逆に感心してしまった。

私だって人間だ。あくびもするし、伸びもする。人間だもの。

そこで、ハッと気づく。

この夢の世界では、私は大沢あかりじゃない。アーネット・フォルカーなのだ。

確かに見目麗《うるわ》しい侯爵令嬢のアーネットは、人前であくびなどしないのかも。

でもさ、いくらエミリーがいるとはいえ、自室だよ？　自分の部屋ですら気を抜けないなんて、そんなの嫌だわ、私。

この夢が覚めるまでは、ほどほどに好きにさせてもらおう。だって窮屈《きゅうくつ》じゃない。

ベッドから下りると、クローゼットの前に立ち、エミリーに声をかけた。

「着替えるから、手伝ってほしいの」

一人で着替えたいところだが、ドレスの着方がわからない。

エミリーは笑顔でうなずき、クローゼットの扉を開いた。ぎっしり並んだドレスを見て、私は驚きのあまり口を大きく開けてしまう。さすが侯爵令嬢なだけあって、衣装持ちだわ。

「本日はどのお召し物にいたしましょう?」

エミリーが何着か手にしている。

クローゼットの中にあるドレスは白や若草色など、優しい色合いのものが多かった。

「えっと、そうね……」

迷っているとエミリーがおしとやかな雰囲気のドレスを差し出してくる。

「春の日差しをイメージさせるこちらのドレスはいかがでしょうか?　今日の空と同じ色合いですわ」

エミリーがはりきった様子ですすめてくるので、うなずいた。

「そうね、お願いするわ」

ネグリジェを脱ぎ、コルセットをつけ、ウエストをこれでもかと絞られる。気絶するんじゃないかと思うぐらい苦しい。

そしてやっとドレスを着用する。鏡台の前に腰かけるように促《うなが》され、腰を落ち着けると、今度はパウダーをはたかれ、薄く化粧を施《ほどこ》された。

鏡の中の自分を見て思う。

つ、疲れるわ、これ。着替えて化粧をするだけで、もうぐったりだ。ロールプレイングゲームならＨＰ《ヒットポイント》をぎりぎりまで削られているに違いない。これを毎日となると大変よね。美しくあるということは簡単なことではないのだと実感した。

最後に私の唇へ薄桃色の紅をひき、エミリーが鏡越しにニコッと微笑んだ。

「はい、出来上がりです。今日も美しいですわ、アーネット様」

鏡に映る私は、やっぱりアーネット・フォルカーだった。

ゲーム画面で見た彼女が、ここにいる。

自分の姿だというのに見とれてしまっていると、エミリーが声をかけてきた。

「さあ、下へ参りましょう。朝食の準備ができていますわ」

朝食と聞き、胸が躍った。実はお腹が空《す》いていたのだ。夢だけどお腹が空《す》くなんて変な感じ。だが空腹には抗《あらが》えない。

「ええ、行きましょう」

そして朝食の席へ、いそいそと向かったのだった。


広間の扉を開けると、先に椅子に腰かけている人たちがいた。

渋みのあるロマンスグレーの男性と、物静かな印象を受けるほっそりとした女性。

アーネットの両親だ。

二人はどちらもアーネットによく似ている。

なんだか緊張しながら案内された席に腰かけると、父が声をかけてきた。

「おはよう、アーネット。体は大丈夫なのかい？」

「おはようございます。ええ、一晩休みましたら回復しましたわ」

頭を下げると父はゆっくりとうなずいた。母とも、挨拶《あいさつ》を交わす。

それを皮切りに、朝食が運ばれてきた。

豆のポタージュに新鮮そうな野菜のサラダ。上にのったクルトンが、とても美味《おい》しそうだ。

「では、いただきます」

早速スプーンを手にして、ポタージュを口にした。

「美味《おい》しいっ!! なにこれ。舌の上でとろけるような、まろやかな味!」

一口飲んで、感激した私はぺろりと平《たい》らげた後、フォークを手に取る。サラダはみずみずしく、食感がシャキシャキだった。クルトンもカリッとして、好きな感触だ。酸味の効いたドレッシングも美味《おい》しさを引き立てている。

夢中になって食べていると、ふと視線を感じた。

顔を上げたところ両親が手を止めて口を小さく開け、じっと私を見ている。

あ、しまった。

今の私はアーネットだった。生粋《きっすい》のお嬢様は、朝食でこんなにがっつかないはずだ。

「と、とても美味《おい》しいですわ」

引きつった顔で、おほほとお上品に笑うも、両親は驚いたように目を丸くしたままだった。

いけない、意識しておしとやかに食べなくては。

父はコホンと咳払いを一つすると、真っ直ぐに私を見つめた。

「アーネット、近々、ルネストン国から大事なお客様がいらっしゃる」

「ルネストン国から?」

思わず聞き返す。ルネストン国は隣国で、近隣で一番の大国だ。それこそ、資源や財力など、ナイール国とは比べものにならないほどの。

ナイール国はルネストン国には絶対逆らえないし、機嫌を損ねでもしたら大変ということが、ゲーム中でも説明されていた。

「ルネストン国の魅力は豊富な資源だ。なんとか我が国にも輸出してもらえないものかと、おうかがいを立ててはいるが、なかなか色よい返事がもらえない。しかし、近くルネストン国が使者を派遣し、我が国が取引に値《あたい》する国か、見定めに来るらしい」

確かにナイール国など、ルネストン国から見れば、とるに足らない小国だ。取引するにしても、ルネストン国にさして得はない。

でも、それがアーネットにどう関係するのだろう？

そう思っていると、すぐに謎が解けた。

「そこで我が国としても最大限のもてなしが必要だ。アーネット、お前も手伝ってくれ」

「私がですか？」

驚いてフォークを落としそうになった。そこまでの重要人物を相手になにをすればいいのかわからない。困惑する私に、父は説明を続けた。

「もてなしの食事会が開催されるから、出席してほしい」

なんだ、そんなことか。

大国の使者というからには、きっと偉そうな肩書のおじいちゃんみたいな人なんだろうな。

「資源もナイ、特産品もナイ、なんにもナイ、ナイール国と近隣諸国はおろか、子供からも揶揄《やゆ》される我が国では、この話を決めるのは難しいかもしれない。だが、どうにかして取引を結びたいと考えている」

高位貴族である父すら認めているじゃないか。この国はナイナイ尽くしの国だって。けれど、使者から見て孫娘ぐらいの美少女が接待をすれば、交渉がスムーズに進むと思っているのかな。

それともあれかしら。今回は『隣国の使者の養女になって幸せになる』ルートだったりするのかしら。でも、そんなシナリオ、あったかな？　隣国の使者なんて言葉も、ゲーム内で見た覚えがない。だけど、これも夢だからかもしれない。

「わかりました、お任せください」

不思議に感じながらも、そう深く考えずに返事をした。

まあ、いいか。食事会の前には夢から覚めているだろう。

そして再び朝食へと意識を向け、綺麗に平《たい》らげた後は、自室へ引き上げた。

午後になると、エミリーが一枚の封書を持ってきた。

差出人はクリスティーナ・アンドラ。

封書に書かれた名前を見て、目を見開いた。

なんと、あのクリスティーナからの手紙だ。アーネットとは真逆の容姿と性格を持つ、誇り高い貴族令嬢。ゲームをプレイしていた時、画面越しに幾度か絡んだから、よく知っている。

アーネットが可憐《かれん》にひっそりと咲く白い花だとしたら、クリスティーナは豪華な真紅《しんく》の薔薇《ばら》のイメージだ。

二人はゲームの中ではライバル関係にあった。

そんな決して仲がいいとは言えない関係だけど、なにか用事かしら？

慌てて確認すると、一枚の便箋《びんせん》に丁寧な文字が連なっていた。

『アーネット・フォルカー様
明日、我が屋敷の庭園でお茶会を開催いたします。

そこでぜひ、アーネット様にもお越しいただきたく思います。

急なお誘いになってしまい、申し訳ありません。

先日の一件でお話ししたいことがありますので、ご出席してくださると嬉しいです。

クリスティーナ・アンドラ』

手紙を読み返してしまう。

これは、なにかのイベント発生の前触れでは……

ライバルのクリスティーナに呼び出されたアーネット。これで、なにも起こらないわけがないわ。

もしかして、皆の前でいじめられて、泣かされたりとかする？

それで素敵な男性が現れ、助けてくれて、恋愛フラグが立つとか？

よっしゃあああ、きたコレ！

手紙の差出人がクリスティーナと知っているエミリーは、なにかを心配しているらしく、そわそわしている。

「明日のお茶会のお誘いだったわ。なにを着ていこうかしら？」

すっかり行く気になって発言すると、エミリーが大層驚いた顔をした。

「出席なさるのですか？」

もちろん、出席でしょう!!　なにが起こるか、この目で見て体験したい。意気込んでエミリーに出席の意思を告げる。

「大丈夫ですか？」

エミリーは気遣うような視線を送ってきた。

「なぜ、そんなに心配そうなの？」

疑問に思って聞いてみると、最初は言いにくそうだったエミリーが、おずおずと口を開く。

「いえ、クリスティーナ様はお気が強く、言いたいことをはっきりおっしゃる性格だとお聞きします。加えて取り巻きの方も大勢いますし、意地悪をされたりしないかと心配なんです」

エミリーの心配はよくわかるが、心配はいらない。

だって、どうせこれは夢なのだから。それにクリスティーナと接触したらどんなイベントが発生するのか、純粋に興味がある。

「そんなに心配しなくても大丈夫よ」

にっこりと微笑んで告げた。

ああ、どうせなら、お茶会イベントの後に目を覚ましたいかも。

明日なにが起こるのか、私はわくわくした気持ちで一日を過ごした。


そしてお茶会当日、私は朝からドレスに身を包む。

シンプルな若草色のドレスは、首元までしまったデザイン。袖口にあしらわれた白いレースが可憐《かれん》さを表している。

髪はサイドだけ三つ編みをして、後ろでリボンを使ってまとめた。

鏡に映る私はすごく儚《はかな》げで、可愛らしい。

守ってやりたいと、男の庇護欲をかき立てる外見だろう。

いや、本当、こんだけ可愛ければね。実際、なにを着ても似合ってしまうし。こんな自画自賛も夢が覚めるまでだから許してほしい。

それにしても、今着用している清純派なドレスも素敵だけど、目が覚めるような原色のドレスも着てみたいな。その時は髪型も縦巻きロールにしちゃったりして。化粧だって濃くしても似合うに違いない、この顔立ちだもの。もっといろいろなドレスを着てみたいわ。

でも、アーネット・フォルカーは清楚なお嬢様キャラだから、そんな派手な格好をしてはいけない。ゲームのシナリオが崩壊してしまう。いつも清楚で可憐《かれん》なお嬢様でいなくてはね。

準備ができた私は馬車に乗り込み、クリスティーナに誘われたお茶会に向かった。

クリスティーナの家であるアンドラ家に到着すると、初老の執事《しつじ》が出迎えてくれた。そしてすぐに庭園へ通される。

丁寧に刈られた芝の香りと、花の香りが鼻腔《びこう》をくすぐる。

案内され庭園を進むと、女性の笑い声が響いてきた。どうやらもう、お茶会は始まっているみたいだ。近づくにつれ、徐々に声が大きくなってくる。

やがて薔薇《ばら》の垣根《かきね》の向こうに、白い椅子とテーブルに女性が数名集まり、紅茶を囲んでいるのが見えた。

私が一歩近づくと向こうでも気配を感じたらしく、女性たちがこちらを見た。

一人の女性がアッ、といった様子で口を開き、なんだか決まり悪そうに視線を逸らす。

だが、真ん中で椅子に腰かけていた女性、クリスティーナだけは表情を崩さずに、真っ直ぐに私を見つめていた。

今日も長い金髪は綺麗に巻かれて、ゴージャスに見える。

やや吊り目だけどパッチリとした二重瞼《ふたえまぶた》に、アクアマリンのような水色の瞳。

高い鼻筋、ポテッとした厚めの唇には赤い口紅が引かれている。

ドレスも目の覚めるような赤で、胸元にはラインストーンのビーズが輝き、胸の膨らみを強調していた。全身が豪華でセクシーな装《よそお》いだ。

なんというか、彼女の派手な顔立ちによく似合っている。露出は激しいけれど決して下品ではなく、品がある。そう、まるで女王様だ。思わず足元にひれ伏したくなってしまうほどの威圧感がある。そっちの趣味がある男性にはたまらないだろう。

だけど、いいわよね、派手なドレスが似合うのは彼女だからこそだわ。

まじまじと観察しながら足を進める私に、クリスティーナが声をかけてきた。

「ごきげんよう、アーネット様。お茶会にお越しいただき、とても嬉しく思いますわ」

そこで私もにこやかに笑みを浮かべて答える。

「こちらこそお招きありがとうございます、クリスティーナ様」

クリスティーナはスッと立ち上がると、自分の真正面の空《あ》いている席に手を向けた。

「どうぞおかけになって」

「ええ、ありがとうございます」

礼を言いつつ椅子に腰かけた。

お茶会の雰囲気は和《なご》やかとは言い難くなり、話し声もピタッとやんでいる。あ、このアウェイ感。もしかして来てはダメなやつだったかしら？

そう思うものの、ここは夢の中。好きなように行動させてもらうわ。

私が席につくと同時に、側に控えていた侍女が紅茶の準備を始めた。周囲にフワッと漂《ただよ》う紅茶の香りに、一瞬だけど心が和《なご》んだ。

皆それぞれ、カップに口をつけるものの、無言だ。気まずくなった私は、なにか話題をふらなくてはと、自分なりに気を遣って口を開いた。

「素敵な庭園ですのね。いつもお茶会を開催していらっしゃるのですか？」

するとクリスティーナは少しだけ笑みを浮かべ、ゆっくりとうなずいた。

「ええ、そうね。薔薇《ばら》が見事に咲いているこの時期は、こうやって太陽の光と風を感じながら、紅茶とおしゃべりを楽しんでいますの」

「まあ、素敵な催《もよお》しですのね」

運ばれてきた紅茶のカップを手にしつつ、にこやかに微笑む。すると隣のテーブルに座っていた令嬢が声を発した。

「でもまさか、アーネット様がいらっしゃるとは思わなかったですわ」

嫌味な言い方がひっかかり、視線を向ける。令嬢はサッと目を逸らすと、何事もなかったように紅茶のカップを口に運んだ。

歓迎されていない雰囲気を肌で察知している中、もう一人の令嬢がさらにたたみかけてきた。

「本当、どういったおつもりで顔を出されたのかと、感心してしまいますわ。ねえ、皆さん」

同意を求めて周囲の人間をグルッと見回した令嬢は、微笑んではいるが目が笑っていない。

アーネットは彼女たちに好かれていないらしい。

覚悟はしていたが、こんなに敵意をむき出しにされるなんて、想像以上だわ。

「私、用事を思い出したので失礼しますわ」

こりゃ、いったん退散するしかなさそうだ。相手がクリスティーナ一人だと思ったから来てみたものの、取り巻きたちが大勢いる中では、居心地が悪いことこの上ない。

敵陣に一人でのこのこ乗り込んだようなものではないか。

スッと立ち上がった時、凛《りん》とした声が響いた。

「アーネット様、どうぞお座りになって」

声の主はそれまで傍観していたクリスティーナだった。私をじっと見つめる瞳からは強い意思を感じる。

その空気に気圧《けお》された私は、再び椅子へ腰を下ろした。

次に彼女は、さきほど私に嫌味をぶつけた令嬢へと視線を投げる。

「私がお呼びしたのよ、彼女を」

その声には有無を言わさない雰囲気があった。

クリスティーナは一瞬うつむき、小さく息を吐き出すと、顔を上げ、真っ直ぐに私を見つめてくる。

「アーネット様、お話がありますの。少し二人で散歩しませんこと？」

断ることのできない迫力を感じ、ただうなずいた。するとクリスティーナは椅子から立ち上がり、庭園の奥を指さす。

「あちらに見事な薔薇《ばら》のアーチが組まれているの。そちらを観賞しに行きましょう」

「ええ」

返事をすると同時に立ち上がった。そして先を歩くクリスティーナの背中を追いかける。

無言で足を進めるクリスティーナの後ろを歩いていると、薔薇《ばら》の香りが強くなってきた。目的の場所まであと少しだろうと思っていたら、急にクリスティーナが足を止め、振り返った。

こうやって並ぶと女性にしては背が高いことがわかる。スラリとした手足と小さな顔は、モデルみたいだ。迫力満点で魅力的な美女だし、男女問わずもてるだろう。

背の低い私は、どうしても見上げることになってしまう。そうしてクリスティーナを見つめていると、彼女は唇を真一文字にギュッと結んだ後、言葉を紡《つむ》ぎ始めた。

「今日、あなたをお呼びしたのは、先日の件でお話しをしたかったのです」

本題きたーー!!

彼女の顔や声から並々ならぬ決意を感じ取り、静かに耳を傾ける。手をギュッと握りしめた。

まさか『ライザック様に近づかないで』と、激しく糾弾《きゅうだん》されるのだろうか。

それとも『生意気なのよ、ライザック様は私のものよ』と、頬の一発でもぶたれるのだろうか。そしたら黙って受け止めるべき？　それともお返しとばかりに一発、いや三倍返しする？

さまざまな想像が脳裏を駆け巡る。緊張で心臓がばくばくしてきた。

するとクリスティーナは、伏し目がちになって口を大きく開いた。

「故意ではなかったとはいえ、あなたに怪我をさせてしまったことを謝罪しなければならないと思っていました」

へ？　今、なんとおっしゃいました？

わずかに唇を震わせている彼女を見て、驚きのあまり口を大きく開いた。

先日の一件とは、私が貧血を起こして倒れ、頭を打ったことを言っているのだろう。けれど、あれは別に彼女のせいではないし、言うなればアーネットが鈍《どん》くさかっただけだ。

彼女が責任を感じる必要はないのに、目の前の彼女は苦しんでいるように見えた。

なんということだろうか。

ゲーム中の彼女の印象は、高慢《こうまん》で高飛車な令嬢だった。それと見た目による先入観から、私は彼女を意地悪なライバルだと勝手に決めつけていたのだ。

だが、実際の彼女は、自分の非を認めることができる真面目な人だった。

なんだよ、なんだよ、クリスティーナ。素直な可愛い人じゃないか。ギャップ萌えしてしまうわ。

一気に彼女の好感度がアップした。

なんだか嬉しくなった私は顔を上げ、脳裏に描いていた反撃の技をすべて消し去って口を開いた。

「いえ、気になさらないでください。あれは私が勝手にすっ転んだだけですので」

にっこりと微笑むと、クリスティーナは弾かれたように驚きの表情を浮かべる。

「なにもない場所で転んだりするのは日常茶飯事《にちじょうさはんじ》で、両親にも鈍いと言われるのです。だからクリスティーナ様が気に病《や》む必要はないですわ」

ゲームでのアーネットは、おっとりとした清純派令嬢だったが、プレイしている側としては鈍《どん》くさいと思う面も多々あったので、そう告げた。

すると彼女はホッとしたみたいに胸を撫《な》で下ろし、美しい顔に安堵の色を灯す。

「アーネット様、ありがとうございます」

そうか、彼女は謝罪をするつもりでお茶会に呼んでくれたんだ。だけど外野がワーワーうるさいから、こうやって二人になったのだろうな。薔薇《ばら》のアーチを見ようというのは口実だと思う。だが、ここまで来たのなら、せっかくなので薔薇《ばら》のアーチの美しさを堪《たん》能《のう》したい。

「クリスティーナ様、薔薇《ばら》のアーチはあちらかしら?」

香りの強い方を指さすと、クリスティーナはうなずきつつもまだなにか言いたげだ。

だから私は、じっと彼女を見つめた。

宙に視線をさまよわせたクリスティーナは、一度唇をきつく結び、口を開いた。

「アーネット様、もう一つ聞きたいことがあります」

視線に込められた力がさきほどより強くなったが、怯《ひる》まず受け止める。クリスティーナは絞り出すような声を出した。

「ライザック様を、どう思っていらっしゃいますか」

「えっ⁉」

予想外のことを聞かれ、思わず変な声が出た。

「どうって……」

先日、無断で私の部屋へズカズカ侵入してきた彼の姿が浮かぶ。あと、変な柄のスカーフが脳裏をよぎった。

どう思っていると聞かれても、率直に言ってなんとも思っていない。恋愛対象かと問われたのなら、答えはノーだ。彼は断じて私のタイプではない。たとえ顔がよく、家柄が申し分なくとも、生理的に受け付けない。

だが、それをそのまま口にするのは、ためらわれる。誰かに聞かれて不敬罪にでもなったら大変だ。それに彼は、目の前のクリスティーナの婚約者でもあるのだから、下手なことは言えない。

そのクリスティーナは真剣な表情で私をじっと見つめている。そう、返答を待っているのだ。きっと勇気を出して聞いたのだろう。

ならば私も、正直に答えるべきだと判断した。

たった一言でいい、『ないわ』と――

喉をごくりと鳴らし、口を開く。

「ライザック様のことは――」

その時、なにやら騒がしいことに気づいた。

ハッとして周囲を見回していると、クリスティーナも眉をひそめた。

そして聞こえてきたのは、こちらに向かってくる足音。

続いてある人物が視界に入った私は、驚きに目を見開いた。

「アーネット!! よかった、無事だったんだね!!」

緑の垣根《かきね》の奥から姿を現したのは、たった今、会話に出ていたライザック。

両手を広げ、私に向かってくる彼が見えた瞬間、ゲッ!! と思い、一歩後ずさった。

ライザックが纏《まと》っているのは空色の上着と黒いズボン。ここまではいい。だが問題はブラウスだった。彼は変な絵柄のブラウスを着用しているのだ。胸元に、豚とも猫とも判断のつかない動物がでかでかと刺繍《ししゅう》されている。

……ないわ。

金の髪に優しげな目元、新緑色《しんりょくしょく》の瞳。そんな爽《さわ》やかな見た目を一発でぶち壊す柄のブラウスである。

言うなれば、ドン引きだ。

そもそも彼はなにをしに来たの？

側に寄ってきた彼が私を抱きしめようとしたが、すんでのところで回避した。

「ラ、ライザック様、いったいどうなされたの？」

彼もお茶会に呼ばれていたのだろうか。

疑問に思いクリスティーナに視線を向けると、彼女は険しい顔をしてライザックをじっと見つめていた。この様子ではどうやら、呼んでいなかったようだ。

「君の屋敷を訪ねたら、クリスティーナのお茶会に行ったと聞き、心配になってかけつけたんだ。大丈夫？　嫌がらせなどされていないかい？」

心配そうな眼差しを向けてくるライザックの言葉を聞き、目が点になった。

変に誤解されては困るので、急いで訂正する。

「いいえ、ライザック様がなにを心配しているのかわかりませんが、ただ美しい薔薇《ばら》のアーチを観賞しに来たのですわ」

するとライザックは、キッと鋭い視線をクリスティーナに向けた。

「君はアーネットに嫌がらせをするために呼んだのだろう!!」

はー!?

ちょっと待て待て待て待て!!

まず、人の話を聞きなさいよ!!

ライザックの大声が周囲に響いた。お茶会の場にも届いてしまったのか、令嬢たちが何事かといった様子でわらわらと姿を現す。私たちは注目の的だ。

なんだろう、このシーン。

どこかで見た覚えがある。

そう思った瞬間、頭の靄《もや》が晴れて、ハッと気づいた。

これはゲームをプレイしていた時に見た、クリスティーナのいじめが糾弾《きゅうだん》されるシーンだわ。

気づいたら、がっくりきた。

素敵なイベントが発生することを楽しみにしていたのに、現れたのはライザックかよー。

もしかしたら、クリスティーナと友人になれたかもしれないのに。

画面で見た時はそれなりに楽しんでいたシーンだが、実際体験すると、嬉しくも楽しくもない。

だって、このライザック王子、ちっともタイプじゃない。そもそも人の話を聞かずに突っ走るなんて、最悪極まりない。

それに、仮にも婚約者であるクリスティーナを皆の前で糾弾《きゅうだん》してアーネットの手を取るところも嫌だし、自分に酔っている感もすごく嫌。なにより、ブラウスの柄が興ざめだ。

そこで私は、つい口を挟んでしまった。

「ライザック様、まずは落ち着いてください」

ライザックはハッとした次の瞬間、ギュッと私を抱きしめる。

「ああ、怖い思いをさせてすまなかったね。もう脅《おび》えることはない」

ギャー!!　はーなーせー!!

突然のことで思考が停止したけれど、ライザックのきつすぎる香水が鼻につき、すぐに我に返った。

なんとか腕の拘束《こうそく》から逃れようとするが、ライザックの力は弱まらない。それどころか、ぎゅうぎゅうと締め付けてくる。

「お、お放しくださいっ」

訴えてみるも、ライザックはやっぱり聞いてくれない。

この人、耳がついてないんじゃないの？

ライザックは私の両肩を強く掴んだ。そして視線を合わせて口を開く。

「大丈夫だ。僕はもう決意したから」

吹っ切れたような顔に、嫌な予感しかしない。

ライザックはクリスティーナと向き合い、宣言する。

「クリスティーナ、君がアーネットに数々の嫌がらせをしてきたことを知っている。僕はもう我慢ならない。よって、君との婚約を解消したい」

ギャー、コイツ、言ったなぁ!! そもそも嫌がらせとか証拠もないでしょうが!

堂々とした声を聞き、私は顔を引きつらせた。

周囲の皆も、きちんと聞いたはずだ。

「わかりましたわ」

その時、冷たい声が響き渡る。

視線を向けると、クリスティーナが凍りついたような顔をしていた。口調は厳しく、表情に感情らしきものはうかがえない。

「ライザック様がそうお考えなら」

あっさりと引きさがったクリスティーナはその場で深くお辞儀をし、クルリと背を向けた。

そしてそのまま、庭園の奥へと歩いていった。

ちょっと待ってクリスティーナ、立ち止まって話を聞いて!!

それ以前に、私にこの人を押し付けないで!!

「ちょっ、待っ……」

慌てて追いかけようと走り出してすぐ、手首をガシッと掴まれた。

「どこに行くんだい、アーネット。僕はここにいるよ」

やりとげた感でいっぱいの表情をしているライザックが憎たらしくなったのも、仕方がないことだと思う。

横を向き舌打ちをしたくなったが、なんとか堪《こら》えた。

皆の前で糾弾《きゅうだん》されたクリスティーナは大丈夫なのだろうか。

平静を装《よそお》っていただけで、きっと深く傷ついている。でもこの場では泣くに泣けず、今頃どこかで泣いているかもしれない。

さきほど、『あれ、クリスティーナってば、いい人かもしれない』なんてワクワクしていた矢先に、この展開は辛い。

仲良くなれるかもと思ったのに。

彼女のこと、もっと知りたいと思ったのに……

ますます隣に立つ男が憎たらしくなってくる。

「どうしたの、アーネット」

不思議そうに首を傾げるライザックは、こっちの悪感情に気づいている気配もない。

私は深いため息をつき、握った手にギュッと力を込めて、口を開く。

「ライザック様、私、屋敷に帰りますね」

にっこり微笑んで告げると、ライザックは焦り出した。

「え、ちょっ、じゃあ僕も一緒に……」

「いえ、頭痛がするので一人で帰ります。さようなら」

相手の言葉を遮《さえぎ》り、クルリと背中を見せる。このまま一緒にいるなんて冗談じゃない。

帰って昼寝でもしていた方がましだわ。

私は振り返らずに芝生を踏みしめ、大股でずんずんと歩いた。

その後は、屋敷についてきたがるライザックを適当にまいて、散々な思いを噛《か》みしめながら一人帰路についた。


数日後。ベッドの中で目を覚ます。

真っ先に視界に入ってきたのは、見慣れてきた高い天井。

やはり、まだ夢から覚めていない。

ベッドから起き出し、鏡台をのぞき込んだところ、アーネット・フォルカーが鏡に映る。

なんだかなぁ、もういい加減、大沢あかりに戻りたいかな。美少女生活だって何日も体験すれば、現実世界が恋しくなる。

私がそう思うようになった原因の一つが――そろそろ来るかもしれない。

暗い気持ちでいると案の定、部屋の扉がノックされた。そしてエミリーが顔を出す。

「おはようございます、アーネット様。本日も素敵な花束が届いていますわ」

エミリーは大きな花束を手に、満面の笑みを浮かべ入室してきた。

だが私は、げんなりしてしまう。

「メッセージカードもついております」

エミリーから手渡されたメッセージカードに目を通す。

『君にどんな花を贈ればいいのか、僕は毎回頭を悩ませるよ。なぜなら君はどんな花よりも美しい、可憐《かれん》な花だから』

うっ、ポエマー!!

メッセージを読んだだけで、誰からの贈り物なのか一発でわかってしまう自分が恨めしい。

こうやって毎日ライザックから花束が贈られてくるのだ。

今日はピンクのガーベラとかすみ草の組み合わせだった。とても可愛らしく仕上がっている花束なのだけれど、毎回、返答に困る変なメッセージがついている。とはいえ、相手は王子なのできちんとお礼状を書かなくてはいけない。

ああ、だるいし、めんどくさい。正直、もうお腹いっぱいだ。

そんな私の胸中など知らないエミリーは、爽《さわ》やかな笑顔で口を開く。

「あと、アーネット様に届いているお手紙です」

また、きたんかーい。

アーネットは貴族の子息から手紙を受け取ることが多かった。それも、すべてにいちいち返信していたというから驚きだ。筆マメだな、アーネット。

手紙のほとんどが、アーネットの美しさを褒《ほ》め称《たた》え、親しくなりたいという内容だった。いってみればラブレターだ。現代日本のネット中心の生活に慣れ親しんだ私からするとかなり珍しかったけれど、この世界ではこれが普通だもんな。

ともあれアーネットは異性にもてる。

だからこそ、手紙が毎日何通も届いているのだ。面倒だしスルーしたいけれど、急に返事を書かなくなったら、私がアーネットじゃないって怪しまれるかもしれない。夢とはいえ、人に疑われたり糾弾《きゅうだん》されたりする展開は避けたい。

もう本当、いい加減、現実に帰りたいよ。

パソコンとコピー機があれば、定型文を印刷して配ったら終わりなのにさ。

「返事を書くのも疲れたわ」

手紙の束を見て思わず本音を漏《も》らすと、エミリーは苦笑した。

「アーネット様は異性の憧れなんですわ。それこそ、今は婚約者がいらっしゃいませんから、皆さん気を引きたくて必死なのでしょう」

「でもね、実は顔と名前が一致しない方もいるのよ」

「だからこそ、印象づけたいのですわ」

男性の気持ちを代弁するエミリーだけど、私は手紙の封を開けた途端、またもげんなりする。なぜなら、内容が内容だからだ。

『アーネット、君と親しくなりたいと、夜な夜な星に願っている。次の舞踏会ではぜひ一曲、ダンスをお相手していただけないだろうか？　それが叶うなら、僕は天にも昇ってしまうだろう』

このような内容を延々と読まされたら、天に昇って、そのまま星になっちゃえと思わずにはいられない。

なんでこうもポエマーが多いかな。この世界の住人は。

顔を知らない人から受け取る熱い手紙なんて、正直言って恐怖だ。

現代ならストーカー扱いされても仕方がないと思う。

「アーネット様がご婚約なされば、お手紙は格段に減りますわ。陰で泣く男性が大勢いますけどね」

「だけど婚約なんて実感が湧かないわ」

「旦那様はアーネット様に相応《ふさわ》しいお相手をお考えだと思います」

婚約とか結婚とか、正直めんどくさいよ。ああ、早く夢から覚めないかなと思いながらも、一通の手紙を手に取る。それは他の手紙と違い、どこか古めかしい感じだった。

「これは……」

首を傾げつつ手に取ると、気づいたエミリーが声をかけてきた。

「それは教会からですわ」

「ああ、そうだったわね」

そうだ、思い出した。ゲーム中でもアーネットは教会へよく顔を出していた。そして教会にいる神父さま二人と定期的に連絡を取り合っていたんだっけ。

脳裏にぼんやりと浮かぶのは慈悲深いタナトス神父と、初老のマーロン神父の顔。タナトス神父は物腰柔らかく、落ち着いた雰囲気の青年で、芯がとても強く、真面目なお方だ。二十代半《なか》ばだというのに年齢よりも大人びた、頼れる先輩的なキャラで、アーネットもだいぶ心を許していた。

封を開け、中の手紙に目を通すと、挨拶《あいさつ》から始まり、先日寄付をしたことへの礼が書かれていた。

「またいらしてください。教会の扉はいつでも開いています、か……」

口に出して読み終えた後、天を仰《あお》いだ。

この世界で暮らしていたアーネット・フォルカーが本来の私の姿とあまりにも違っていて、びっくりだわ。共通点がどこにもない。

エミリーがカーテンを開けると、部屋に光が入り込む。彼女は次にクローゼットへ行き、その扉を開けた。

「さあ、お着替えいたしましょう。本日のドレスは淡い水色などいかがでしょうか？涼《すず》しげな印象を与えつつ、可憐《かれん》さも強調できますわ」

「……ありがとう。任せるわ」

あー、またドレスか。肩が凝《こ》るし、ウエストがきつい。

そもそもアーネットが持っているのは可愛い系のドレスが多いけれど、私の趣味とはちょっと違うんだよなぁ。どちらかといえば、原色とかを使った派手なカクテルドレスが着てみたいかなぁ。

「では、お着替えしましょう」

先日のクリスティーナの服装を思い出していた私は、エミリーの張り切った声を聞き、我に返る。

私のために考えてドレスを選んでくれる彼女にはなにも言えずに着替え、家族で朝食を取る部屋へ向かう。

「アーネット、以前も言ったが、いよいよ来週、ルネストン国から使者が来る。城で食事会が開催されるので、出席するように」

椅子に座ると父が朝の挨拶《あいさつ》もそこそこに、来週の予定を告げた。

「この機会に、ドレスを新調するのもいいだろう」

「ええ、ありがとうございます」

にっこりと微笑みながら答えたが、堅苦しい場なんだろうな。簡単に想像がつくわ。

それにクローゼットの中は既に満杯になっている。それこそ同じようなドレスで埋め尽くされているから、これ以上必要ない。

行きたくない〜〜!!

まあ、それまでには、この長い夢から覚めているだろう。たぶん。

というか、もうそろそろ覚めてくれないと、困るんですけど。

私は、早く夢から覚めてくれと祈るばかりだった。


それからも夢が覚める気配はなく、あっと言う間に翌週になり、食事会の日を迎えた。

バタバタしながらも、準備をする。

今日の服装は薄い黄色の生地に、白いレースがふんだんに使われているドレス。袖口に細かなレースがあしらわれている。

髪型はサイドだけ編み込みし、後ろでバレッタで止めた。準備はできたけど、気が重い。そもそも、私も会食の場に行く必要があるのかしら？　父だけで十分ではなくて？

疑問に思い、城に向かう馬車の中で父に聞いてみた。

「隣国の使者がいらっしゃる場に、私が顔を出していいのでしょうか？」

すると父は嬉しそうに答える。

「ライザック殿下が、どうしてもアーネットにも出席してほしいと仰せなのだ」

ゲッ、またその名前が出てきた。

うんざりしつつも返答する。

「……わかりました」

先日、ライザックは堂々とクリスティーナに婚約破棄を言い渡していたけれど、あれはライザックが勝手に言っただけで、婚約は無効になっていないはずだ。なのにアーネットを会食の場に呼ぶだなんて、バカなの？　いくらアーネットに夢中だからといって、これじゃあ、あんまりだわ。どこまでクリスティーナをこけにしたら気が済むのかしら？　貴族同士の結婚は本人の意思だけじゃ、どうにもならないこともあると思うのに。

考え込んでいると、父が咳払いをした。ふっと顔を上げると父と目が合う。

「実は、話があるのだが、アーネット」

父が真剣な声色で切り出してきたが、なんだか嫌な予感がする。聞きたくないかもと思いながらもうなずく。父は両手を組んだ上に顎《あご》を乗せ、じっと私を見つめている。ごくりと喉を鳴らしたのは、私だったのか父だったのか――

やがて、父が切り出した。

「ライザック殿下は今、クリスティーナ嬢との縁談を破談にしようと動いていらっしゃる」

ドクンと心臓が跳ねた。直後、心音が激しく鳴り響く。

「まだ公《おおやけ》にはできないのだが、ライザック殿下はアーネットに婚約を申し込みたいそうだ」

それを聞いた時、心臓が止まるかと思った。そうきたか……‼

「しかし、婚約破棄をしてすぐというわけにはいかない。ある程度時間を置いてからと考えているが——」

「お父様、それって断れませんの？」

マナー違反だと理解しつつも、父の言葉を遮《さえぎ》る。唇をギュッと噛《か》みしめている私の顔を見た父は、そこでようやっと娘が嫌がっていることを察したようだ。

「もしやこの縁談に乗り気ではないのか？」

「はっきり申し上げますと、そうですわ」

「なぜ？　ライザック殿下とは親しげにしていたではないか」

父の声色は焦っている。

そりゃそうだよね。王家と繋がりを持つチャンスだもの。でもね、私は嫌なの。きっちり自己主張しておかないと大変なことになりそうだから言わせていただきます。

「率直に言いまして、ライザック殿下には魅力を感じません。人の話を聞かず、一方的に突き進むところが苦手です。それにクリスティーナ様が、あまりにも可哀想ですわ」

ついでにあの趣味の悪い服も嫌。ナルシストなところも受け付けない。いっそすべてが嫌だと口にしたい。だが私なりにオブラートに包んで伝えると、父は目を丸くした。

無理もない。深窓の令嬢と噂《うわさ》されていたアーネットは、芯は強いがおっとりとして慈悲深く、いつも優しく微笑んでいる娘だった。決してグイグイ自己主張するタイプじゃない。

そんな娘がはっきりと拒否の言葉を口にしたことに、父はいささか衝撃を受けているようで、渋い顔をし、無言になった。場の空気がいたたまれない。これから隣国の使者をもてなさねばならないというのに、このムード。馬車の中はまるでお通夜のようだ。

こんな時、アーネットなら空気を読んで上手く振る舞っただろう。だがあいにく、私は自分の感情に素直なのだ。それに、どうしても譲れない部分はある。

ああ、早く、夢から目が覚めますように。ゲームはゲームとしてプレイするのが楽しいのだと、切実に思った。


小高い丘の上に位置する城までは、レンガ造りの街道を進む。川にかかる橋を通り過ぎ、はるか前方に見えたのは港街ドナンだ。周囲を海に囲まれていることもあって、窓を開けると潮の香りがする。

波止場《はとば》にはいくつかの船が停留している。外を眺めると、真っ黒に日焼けした男たちの姿が見えた。航海から帰ってきた人々だろう。海の向こうの国はどんな生活なのかしら。いっそ、私も海の向こうの国へ行き、本来の自分の姿をさらけ出した嘘偽《いつわ》りのない暮らしを送るのもいいかもしれない。

港街ドナンを過ぎてしばらくすると、やがて首都にたどり着く。

そして、小高い丘の上に高い城壁が姿を現した。

古めかしいけれど、威厳ある雰囲気の城である。城門にいた見張りの兵士が、通り過ぎる馬車に一礼した。城が近づくにつれ、気分が徐々に重くなる。なにしろ、私は行きたくもない食事会に出席させられ、好きでもない男と婚約させられるかもしれないのだ。

私、なにをやってるんだろう。夢ならもっといい展開になってほしい。

もう何度目かもわからないが、早く夢が覚めることを祈りながら、そっと瞼《まぶた》を閉じた。

城につき馬車から降りると、ライザックの姿が見え、気分がさらに重くなった。

また、変な服を着ている……。

ライザックは丈の短い上着を羽織《はお》っていた。それも、裾が通常の半分しかない上着。その下のフリルが幾重《いくえ》にも連なったブラウスが、上着の裾からはみ出している。

「使者が到着するまで、まだ時間がある。庭園を歩かないか？」

ライザックは上機嫌で声をかけてきた。父や他の貴族の目がある以上、ここで行きたくねぇ、という雰囲気を醸《かも》し出すわけにもいかず、苦笑いを浮かべたが、頬がひくつく。父からも視線で促《うなが》され、渋々ながら庭園へ向かう。

庭園には薔薇《ばら》や色とりどりの花が咲き乱れていて、甘い香りが漂《ただよ》ってきた。だが私の心は沈むばかり。原因は隣を歩くライザックのせい。

「アーネット、ほらごらん。アーネットの美しさを鳥たちも称《たた》えているみたいじゃないか」

ライザックが指さす方向では、鳥たちが自由に空を舞い、さえずっていた。ただ鳥が啼《な》いているだけだと思うのだが、ポエマーライザックにかかれば、なんでも詩になるらしい。

「ありがとうございます」

私は引きつった笑みを浮かべ、そう答えることしかできなかった。

だがライザックは私のことなどお構いなしに、会話を進める。

「アーネットは素敵な色のドレスを着ているね」

「ありがとうございます」

「でも、もっと君の魅力を引き立てるデザインのドレスがあると思うんだ。そうだ、今度僕から贈ろう」

やめろ。

とんでもない申し出に、表情が固まってしまう。

まさか、ライザック本人が選ぶとか言わないわよね？

「僕の上着、素敵だろう」

自信満々に上着を見せびらかすライザックに、どう答えるのが正解なの。

「この上着は、お抱えの仕立て屋一押しの作品さ。世界にこの一品しかないんだ」

そりゃ、そんな丈の短い変な上着、一着しかないわ。仕立て屋が生地をケチったのかと思った。

「僕たちが式を挙げる時は、この仕立て屋にデザインしてもらった衣装にしよう。流行の最先端をいく僕たちに、皆の視線が集まるだろう」

おっ、おい!!　勝手に話を進めるな。

それに私たちが式を挙げるなんて、あり得ないから。皆の視線を集めるにしたって、それは好奇の視線だから!!

本当にダメ。ナルシストなところも、人の話を聞かないところも、すべて無理。

早く父のもとへ戻りたい。もう限界だわ。

なんとか口実を作ってドヤ顔のライザックと離れたい、このまま庭園を歩くなんて拷《ごう》問《もん》だと思いながら重い足取りで進む。日差しが強く汗ばむ陽気だ。庭園の中央に大きな木が立っていたので、木陰で少し足を止めた。

するとと、上からぽとりとなにかが落ちてくる。

「うわっ!!」

ライザックの肩口に白いシミがついていた。どうやら鳥のフンが落下し、見事命中してしまったようだ。

「失礼、先に戻っている!」

ライザックは私に手を上げて告げると、慌てふためきながら走り去る。一人残された私はホッとした。鳥に感謝したい。

そうして木にもたれかかる。暗い気分の私には木漏《こも》れ日《び》がまぶしい。どんよりとした気分のまま、深いため息をついた。

その時、後方から静かな笑い声が聞こえた。

人の気配を感じていなかったので、驚いて振り向く。まさか、ライザックがもう戻ってきたのかと慌てた。

だが、そこにいたのは、ライザックではない男性だった。年齢は私より少し上か、同じぐらいだろう。さらさらとした長めの金髪に、きりっとした深いブルーの目。鼻筋もスラッとしていて、身長が高く、均整の取れた体格をしている。中性的な雰囲気のある麗《うるわ》しい容姿だった。

細かな金の刺繍《ししゅう》が入った白い上着を羽織《はお》っていて、一目で上等品だとわかる。

いったい、いつからそこにいたのか。

私は美麗な顔立ちの男性と、しばし見つめ合った。

やがて男性はクスリと笑った。

「いや、失礼。君と彼のやり取りを見て、思わず笑ってしまった」

悪びれもせずに言うこの人は誰だろう。見覚えがない。身なりからして、今日の食事会に呼ばれた貴族の一人というところか。

私は初対面で笑われたことに、ちょっとムッとする。

通常のアーネットなら、頬を赤く染めて『まあ、いやですわ』なんてお上品な反応をしていただろう。

だが私は本当のアーネットではないし、今は非常に機嫌が悪かった。

猫を被るのにも疲れていたので、つい口調がきつくなる。

「ずっと見ていらしたのですか？　のぞきなんて、いい趣味していますわ」

ツンと顔を背《そむ》けると、男性はさらに面白そうに笑った。

「いや、少し散歩をしていたら声が聞こえてね。近づいてみたところ、君たちがいたわけ」

「あら、そうですの」

どうしても冷たい言い方になってしまうが、相手はさほど気にした風でもない。

男性がふいに問いかけてくる。

「あの上着は流行《はや》っているのだろうか」

ライザックが着用していた服のことだと、すぐ気づいた。

「いいえ、流行《はや》っていません。あれはライザック様限定のブームですわ」

あんな上着が流行《はや》ってたまるものかと、即座に否定する。

すると男性は声を上げて笑う。

「だろうね、あの形は斬新すぎる」

そこで私は驚いた。この一週間ちょっと、私の周りにいた人物で、ライザックの趣味の悪さを堂々と口にする人はいなかったからだ。

目をパチクリと瞬《しばた》かせ、聞いてみる。

「あなたも、そう思うの？」

「ああ、思うよ」

同じ意見ということで、少しだけ親近感がわき、ついこれまで堪《こら》えていた愚痴《ぐち》を言ってしまう。

「服の趣味だけじゃないわ。人の話を聞かないし、いちいちポエムっぽいたとえをするし、ナルシストで、会話していると疲れるのよ」

「言いにくいことをズバッと口にするね」

男性は苦笑しながら近づいてきて、私の側に立つ。

「でも彼は、この国の王子だろう？」

「ええ、そうよ。あの趣味の悪い服、すごく高いはずよ。特注だと自慢していたもの。あんな服のために、国の税金をどれだけ無駄使いしたのかしら。もったいない」

肩をすくめて吐き捨てるように言うと、彼はまた笑った。それで調子に乗った私は日頃のうっぷんをさらにぶちまける。

「だいたい、あんなに綺麗な婚約者がいるのに、なぜ私をエスコートする気になっているのかわからないわ。お相手の気持ちも考えなさいよ」

クリスティーナが可哀想だし、ついでに私も可哀想だわ。できることなら私だって堂々と、正面からライザックを拒否したいよ。だけどこっちにも、立場というものがある。

興奮する私の言葉に、相手は片眉を上げ、尋ねてきた。

「へぇ、彼には婚約者がいるんだ？」

「そうよ。そりゃあもうゴージャス美女の、クリスティーナという方と婚約しているわ。私に構わずそっちにいけばいいのに」

「君は自分の意見をはっきりと口にするんだね」

どこか感心したような台詞《せりふ》を聞き、ますます私はヒートアップした。

「言いたくもなるわよ。それにあの人、香水をつけすぎていて、甘ったるい香りに頭痛がしてくるわ」

毎日一瓶香水を使っているのではないかと思うほど、彼の香りはきついのだ。

男性は苦笑しつつも、どこか楽しそうに私の愚痴《ぐち》を聞いていた。その時、ふわりと爽《さわ》やかな香りがした。これはライザックの香りとは全然違って清々《すがすが》しい。そう思ったので、そのまま口にする。

「そう、私は近づいたらフワッと香る爽《さわ》やかな香りが好きなの。これぐらいの――」

顔を上げた瞬間、男性が真正面に立っていたことにようやく気づく。

同時にハッとする。

もしかしてこの香りは、彼のつけている香水なのかしら？

知らなかったとはいえ、初対面の男性の香りが好きだと口にしたことに、顔が熱くなる。

男性は首を傾げ、愉快そうな笑みを浮かべた。

「これぐらいの、なに？」

言葉の続きを尋ねる彼だったが、異様に照れてしまった私は、首を横に振った。

「な、なんでもないわ」

しどろもどろに返答すると、男性はクスリと笑って「気になるな」と呟く。けれど、深くは追及してこなかった。

その時、庭園の奥から私を呼ぶ父の声が聞こえた。

「あら、お父様だわ」

「君はどこへ行くの？」

不思議そうに首を傾げた男性に説明する。

「なんでも隣国の使者の方がいらっしゃるとかで、私も歓迎の食事会に参加するように言われているのよ」

興味深そうな顔をしている男性に、肩をすくめた。

「本当、気が乗らない。無理やり笑みを浮かべたって、顔が引きつってしまうわ」

私の正直な告白に、男性は肩を揺らして笑う。

すると、再度父が私を呼ぶ声が聞こえた。

「もう、行かなくちゃ」

男性に笑顔を向け、挨拶《あいさつ》代わりに告げた。

「じゃあね。話を聞いてくれてありがとう。お互い気乗りしない食事会だけど、乗り切りましょうね」

それだけ言うと私は男性をその場に残し、足早に父のもとへと戻った。

食事会は広間で、立食形式で行われるらしい。広間には人々があふれ返っていた。

これだけ人数がいるのなら、私一人ぐらいいなくても気づかれないのに、なんて思ったりして。

「すごい規模の歓迎ですわね」

隣に立つ父に呟くと、父は大きくうなずいた。

「知っているだろうが、ルネストン国は鉱山などの資源に恵まれており、周辺では一番の大国だ。我が国としてもぜひ鉱産物の取引をしたいところでな。だが残念なことに、我が国には取引の品になるような、目ぼしい資源がないのだ」

父は声をひそめて話を続ける。

「使者の方は、ルネストン国の鉱山物となにを取引するか視察に来ているのだ。我が国のなにかが目にとまることを祈るばかりであるし、そそうがあってはならない」

まあ、資源が豊富とはいえ、取引するからには有意義なものとしか交換してやらないよ、ってことだろう。

とはいえ、ナイール国にはなにがあるだろう？

緑豊かな国ではあるが、経済力も政治力も、ましてや軍事力などはない。

そりゃ、ルネストン国が取引を渋るのも無理はないと思う。

「我が国が栄えるためには、ぜひともルネストン国の協力が必要なのだ」

熱く語る父の言葉を聞いていると、広間がざわめいた。

広間の中央にある豪華な扉が開かれ、ナイール国王が姿を現す。

いよいよ始まるのだ。

国王が王座の前に立つと、広間が静まり返った。

「皆、よく集まってくれた。本日はルネストン国から使者が来ると伝えていたが、思いもよらない事態になっている」

国王は深刻な表情をしたのち、周囲をグルリと見渡す。

そして、ごくりと息を呑む貴族たちを前に、重々しく口を開いた。

「ルネストン国の王子が、この国へいらしたのだ」

広間中の貴族がどよめいた。

こんな小さな国をルネストン国の王子みずから訪ねるなんて、異例の事態だ。

王子が来るなら、取引は脈ありなのかしら？　それとも他の意図があるの？

しかし、私が考えたところで、なにもわからない。

動揺する貴族たちに、国王は声を張り上げた。

「私は、またとないチャンスだと思っている。これを機にナイール国の豊かな風土を感じてもらい、素晴らしい国だと知ってもらおう」

熱く語る国王に感化され、貴族たちも盛り上がる。

隣にいる夫婦と思わしき男女が、慌てた様子で会話を始めた。

「こんなことなら、娘も連れてくるべきだった」

奥方だろうと思われる女性が、うなずいて同意している。

「ルネストン国の王子は二十一歳、いい年頃だわ。もし王子に見初《みそ》められたら、これ以上はない良縁ですわね」

他国の王子の年齢まで頭に入っているとは、その食いつきも情報網もすごいと感心してしまう。どんな人かわからないのに、王子様という肩書はそれだけ魅力的なのだろう。

「今からでも遅くないですわ。私、屋敷に戻って娘を呼んできます」

「ああ、急いで連れてきてくれ!!」

奥方の方が慌てて広間から出ていった。

そんな風に広間のあちこちがざわつく中、国王は咳払いをし、再び声を張り上げる。

「ルネストン国の王子は長旅に疲れ、今は部屋で休んでおられる。しばらくしたら広間に顔を出されるそうだ。それまでは、皆、ゆっくり待っていてほしい」

国王はそう告げると、一度広間から退出した。王子を迎えに行ったのかもしれない。

途端、広間はいっそうの賑わいを見せた。人々の話題は今の件で持ち切りだ。

「まさか隣国の王子がみずからいらしたなんて、なんて光栄なことなの」

「ええ、そうね。もしかしたら直接お話しできるかもしれないわ」

隣にいる女性の会話が耳に入ってくる。女性たちの目は期待に輝き、口調にも興奮している気配があった。

隣国の王子って、どんな人なんだろう。

疑問が湧くと同時に、不安になる。

ゲームには、隣国の王子なんてキャラは一切登場していないからだ。

なに、もしかしてゲームの内容が変わってしまったの？

それとも隠しキャラとか？

いずれせよ、ゲーム内のキャラじゃないなら私には関係ないだろうし、できれば関わらずにやり過ごしたい。そう思っていた時、広間の奥の扉から出てきたライザックを見つけた。

奇抜な上着を着ているから、一発で視界に入ったのだ。

どうやら誰かを探しているらしく、きょろきょろしつつ歩いている。

え、もしや探している相手は、私？

嫌な予感がする。

その時、ライザックと目が合った。

あっ、という顔の直後、嬉々として目を輝かせる彼を見て、やっぱり私を探していたのだと察する。

一方、私は、げっという気持ちでいっぱいだ。表情にだって出ているに違いない。足早に向かってくるライザックに大きなため息をつきたくなった。

だがその時、周囲にいた男性の一人がライザックに話しかける。

きっと挨拶《あいさつ》でもされているのだろう。ライザックが面倒くさいとでも思っているのが、表情と態度から伝わってくる。

個人的には、話しかけた男性にグッジョブを贈りたい。

もしや、今がチャンスなんじゃない？　そんな考えが脳裏に浮かんだ瞬間、私はクルリと反対方向へ歩き出す。

ライザックが私の側へ来るというのなら、来る前に逃げればいいのだ。

足早に広間の端へ進み、扉に手をかける。

扉を潜《くぐ》る寸前、チラリと広間の様子を見たところ、ライザックはまださきほどの男性と会話をしていた。きっと、私がいなくなったことに気づいていないはず。

ホッとした私は、広間を抜けて、そっと廊下へ出た。

広間の騒がしさから離れ、一人になると、長いため息が漏《も》れる。

なんだろな、私、いつまでライザックから逃げ続けていればいいのかしら。憧れていた乙女ゲームの夢を見ているというのに、ちっとも楽しくないわ。

暗い気持ちのまま長い廊下を歩いていると、広間から離れた一室の扉が開いていることに気づく。どうやら食事会開催前の待機場所だったみたいだ。今は無人で、テーブルの上には飲みかけの紅茶のカップや、お茶菓子が置かれていた。

ホッとして、しばらくここで時間を潰そうとその部屋に入る。室内には大きなテーブルの他に、机と椅子、甲冑《かっちゅう》の像が置かれていた。今にも動き出しそうでなんだか怖いけれど、ライザックに見つかるよりはマシだ。

そこで、ふいに足音が聞こえ、ハッとする。

誰かがこの部屋に向かってきているようだ。ライザックだったら、どうしよう。

慌てて隅にあった机の下に隠れた。そのままドキドキしていると、足音が聞こえなくなる。どうやらこの部屋の前を通り過ぎたみたいだ。

ホッと胸を撫《な》で下ろしたその時――

「なにをしているの？」

机の脇からスッと現れた人影。びっくりして、肩が揺れる。

相手はさきほど庭園で会った、あの男性だった。

「び、びっくりした」

心臓がばくばくいっている。私は机の下に隠れたまま、彼に非難めいた視線を送った。

「あなた、こんなところでなにをしているの？」

食事会の参加者は皆、広間に集まっている。この場所で時間を潰していていいの？

すると、男性はクスリと笑う。

「君こそ、こんな机の下でなにをやっているの？」

うっ、おっしゃる通りです。

言葉に詰まった私は、視線をさまよわせた。

「廊下を歩いていたら、君がこの部屋に入っていく姿が見えた。なんとなくのぞいてみたところ姿が見えなかったから、つい探してしまったよ」

　まさか、部屋に入った時から見られていたとは思わなかった。口をつぐんでいると、彼がたたみかけてくる。

「で、君はなにをやっていたの？」

　彼は興味津々《きょうみしんしん》といった様子で瞳を輝かせていた。そりゃ、机の下に隠れていたら不思議に思われるのも無理はないか。

「か、隠れていたのよ」

　正直に告白すると、彼は片眉を上げた。

「へえ、それは誰から？」

「……」

　ライザックから逃げていたとは、答えられるはずがない。無言の私に、相手はクスリと笑った。

「じゃあ、僕も一緒に隠れることにする」

「ちょ、ちょっと!!」

　あろうことか彼は、私の隣の少しだけ空《あ》いている場所にグイグイと体を入れてきた。

「狭いわ」

　二人で隠れるには狭いスペースで、腕がくっついてしまう。動揺しながらも、私は身動きが取れずにいた。

　しかし、この人、変わっているわ。普通、こんな場所に入り込まないわよね。

　横目で見ると、彼と目が合った。ん？　と言わんばかりに首を傾げて笑っているが、真意がわからなくて困惑する。

　それに、こんな狭い空間で密着していることが落ち着かない。

　肉親以外の人とここまで近づくなんて初めてだ。それに相手は男性。この場面を誰かに見られたら、どんな噂《うわさ》を立てられるかわからない。

「ここは私が先に隠れていたのだから、よそへ行ってちょうだい」

　ぴしゃりと言い放つが、相手は気にした風もない。

「いいじゃないか。一緒に隠れていよう」

　金髪碧眼の端整な顔立ちと爽《さわ》やかな笑みに、不覚にもドキッとしてしまうが、ここは強気でいこう。

「そもそも、あなたはなにから隠れているのよ」

　呆れて質問すると、相手は微笑んだまま答える。

「ちょっとうるさい奴がいてね。四六時中、張り付いてきて、監視されているみたいで息が詰まるからさ」

「まあ、あなたも苦労しているのね」

一瞬同情しかけたが、ハッと我に返る。だってそれとこれは話が別だわ。そもそも意味がわからないし。

密着している肩と腕から彼の体温を感じて、もう隠れるどころではない。そして、爽《さわ》やかなムスク系の中に甘いフローラルが混じった、とても優しい香りがフワッと香る。

これはさっきも嗅《か》いだ、彼がつけている香水だ。

意識してしまうといたたまれなくなり、離れようともぞもぞ動く。

「待って」

机の下から這い出ようとした時、手首を掴まれ、グッと引き寄せられた。

「なにをする――」

「シッ!!」

男性は私の口を手で塞ぎ、もう片方の手の人差し指を立てる。

目を瞬《しばたた》かせていると、この部屋に入ってくる人の気配を感じた。緊張でよけいに体が強張る。

どうしよう、こんな場所で見知らぬ男性と二人きりでいることがばれるのだけは避けたい。

こうなれば大人しくしてやり過ごすしかないと、腹をくって息をひそめる。

「ちょっと休んでいきましょうよ」

「そうね、本番はこれからですものね」

声の主は若い女性たちだった。聞き覚えはないけれど、今日の食事会に招待された貴族の娘のうちの誰かだろう。

やがてソファの軋《きし》む音がし、女性たちのおしゃべりが聞こえてきた。

「そういえば、お聞きになりまして？　クリスティーナ様のこと」

その名を耳にした瞬間、肩がピクリと揺れた。先日のことを思い出したからだ。

「ええ、聞きましたわ」

片方の女性の、どこか楽しんでいるような声が聞こえ、気が重くなった。

クリスティーナとは、あれから会っていないけど、どうしているのだろう。私が心配するなんておこがましいことだとは思いつつも、気になってしまう。

盗み聞きしているみたいで気が咎《とが》めるが、女性たちの会話に耳を傾けた。

「ライザック様との婚約が破棄されるのも、時間の問題ですわよね」

あのバカ《ライザック》……!!

本当に婚約破棄をするつもりなの？

婚約破棄された女性は、貴族社会ではもの笑いの種になる。それこそ、根も葉もない噂《うわさ》を立てられるはず。ライザックは彼女の今後を考えているのだろうか？

それにクリスティーナ本人は、どう思っているのか。

「やはり、アーネット様と結ばれたいがため、ですわよね」

は？　ちょっと待ったー!!

聞こえてきた台詞《せりふ》に驚愕《きょうがく》する。

今すぐ飛び出して、全力で否定したい!!

私の体にグッと力が入ったのがわかったのか、男性は静かに首を横に振った。

飛び出すな、という意味だろう。

仕方ない、ここは我慢するしかないと、目をギュッとつぶった。

その間も、女性たちは好き勝手に噂話《うわさ》を続ける。

「アーネット様ってば、大人しそうな顔をして、結構したたかなのね」

「本当よね。ほっそりとした儚《はかな》げな見た目は仮の姿、ってことかしら」

もうこれ以上、聞きたくない。

耳を塞ぎたいと思っていた矢先に、爆弾が投下された。

「ライザック様に取り入って、婚約破棄までさせるのですもの。アーネット様はライザック様と結婚なさるつもりでしょうね」

聞いた瞬間、思考が停止する。

ちょ、ちょっと待って……!?

私がライザックと結婚？

あの趣味が悪くてナルシストで、人の話を聞かない彼と？

……無理!!

周囲に流されて、あんな人と結婚なんてしたくない。

いつまで経っても夢が覚める気配はないし、このままでは彼と結婚させられてしまうかもしれない。悪夢がじわじわと現実味を帯びてきて恐怖にかられる。

「そろそろ広間に戻りましょうか」

「ええ、そうね」

そんなやり取りの後、人の気配と足音が遠ざかっていく。どうやら令嬢たちは部屋を出ていったようだ。

「大丈夫？」

私の口を押さえていた男性が手を離し、ゆっくりと顔をのぞき込んできた。

「……じゃない」

ポツリと呟くと、男性が聞き返す。

「え？」

首を傾げた彼の顔をキッと見つめ、叫んだ。

「冗談じゃないわ‼　このままじゃ、取り返しのつかないことになる‼」

そうよ、隠れていたって、事態は好転しない。

どうにかしてライザックとの結婚を阻止しないといけない。

焦る気持ちのまま立ち上がった直後、頭を思いっきり机にぶつけた。

あ、私、机の下に隠れていたんだった――

周囲に鈍い音が響き渡ると同時にクラッときて、意識が飛びかける。

その時、脳裏に浮かんだ光景。

私は高校の制服を着て、自転車に乗っていた。学校からの帰り道、早く家に帰って、今日届く予定の某女性歌劇団のＤＶＤを受け取ろうと、急いでいた。

もともとは母がその歌劇団の大ファンで、私も小さい頃にミュージカルに連れていかれたのがきっかけ。以来、親子二代で大ファンだった。

小顔で手足がすらっと長い、少女漫画から抜け出したような男装の麗人を見て、胸をキュンとさせていたものだ。

ＤＶＤが届いたら、夜更かしして、擦《す》り切れるほど再生してやる。完コピして台詞《せりふ》を覚えるぐらいにね。

待ってて、素敵なお姉さまたち……!!

意気込んで曲がり角を猛スピードで曲がった時、小石を踏んでタイヤが揺れた。私は自転車に乗ったままバランスを崩し、派手に道路に倒れた。次の瞬間、けたたましいクラクションが聞こえ、顔を上げると、車が間近に迫っていて――

その先の記憶がない。

もしかして私、事故にあって、命を落としたの？　それでなぜかアーネットとして転生しちゃったの？

うーそーでーしょーー!!

「……大丈夫？」

焦った声が聞こえたと同時に肩を揺らされ、私は目を開ける。すると、こちらを心配そうに見つめる男性の顔があった。

どうやらしばらくの間、意識を失っていたみたいだ。

「だ、大丈夫……じゃない」

頭に感じる鈍い痛みが、これは夢じゃないと教える。

そして、頭をぶつけたおかげで思い出した。

やっぱりこれは現実なんだ。

通販で購入したＤＶＤのパッケージを開けることさえなく、大沢あかりとしての人生は、あそこで終わってしまったんだ。

だってＤＶＤどころか、その先の出来事を覚えていないもの!!

続けて、アーネットとして生を受けた今の人生の記憶がクリアになってくる。

ライザックのことを苦手に思っていたけれど、ぐいぐい距離を詰めてくる彼をどうやって避けたらいいかわからず頭を悩ませていた日々。親の立場もあるし無下《むげ》にはできない。だけど、彼のことを好ましいと思えず、夜も満足に眠れないほど悩んでいたっけ。

でも、大沢あかりとしての記憶が戻った今なら言える。そんなに嫌なら無理することないんじゃないの？　って。嫌なら嫌だと言おうよ。自然にフェードアウトを狙っても無理だと薄々感じていたなら、なおさらだ。

だいたいゲームとしてプレイしていた時には、選択肢がたくさんあったわ。ライザック一人を拒否したぐらいで、アーネットの人生は終わらない。嫌いな人の妻になるよりも、もっと素晴らしい未来が開けるかもしれないじゃない。

……うん、嘆《なげ》き悲しんでいても仕方がない。だって私の新しい人生はもう、始まっているのだから。なぜゲームの世界に転生しているのかはわからないが、これが現実なのだと気づいた今は、嘆《なげ》くよりも先にやるべきことがある。

たとえライザックと結ばれることがゲームでのハッピーエンドの一つだったとしても、今の私には意味がない。むしろ、それはなんの罰ゲームですか、ってぐらいだ。

ゲームなら、攻略対象と結ばれれば終わり。

だけど現実には、その先の人生があるの。残りの人生をライザックと共に過ごしたくないし、あの趣味の悪い服装にも付き合いたくない。

そうよ、ゲームのシナリオだろうがなんだろうが無視して、自分が生きたいように生きるわ。そして自分にとっての、真のハッピーエンドを目指す。

これがアーネットとして生を受けた私の使命よ。

こうしちゃいられない、と身を起こし、机の下から這い出ようとした瞬間、手をグッと引かれた。

「本当に大丈夫？　さっきから顔が赤くなったり、青くなったりしている」

心配そうに私を見つめる瞳を、真っ直ぐに見つめ返す。

そういえば、この人はいったい誰なんだろう。ゲームに出てくるキャラの一人だったかしら。

疑問が浮かんだが思い出せないし、なにより今はそれどころじゃない。

「ええ、大丈夫じゃないけど、大丈夫にするしかないわ」

はっきりと告げた時、大きな足音が聞こえてくる。

そして、誰かが荒い足取りで部屋に入ってきたと思ったら、机の下を勢いよくのぞき込んできた。

「こんなところにいらしたのですか!?」

現れたのは焦ったような口ぶりの男性で、長い髪を後ろで一つにくくっている。落ち着いた雰囲気をしており、私よりも年上に見えた。シャープな顎《あご》とすっと切れ長の目に、小ぶりなメガネをかけていて、知的なイメージだ。

「ヒューゴ」

ヒューゴと呼ばれた男性は、ギョッとしている私に気づいて軽く頭を下げた後、男性に向かって口を開く。

「城中をくまなく探したのですよ。なぜ、わざわざこのような場所にいるのか、ご説明いただきたい」

怒りをにじませているヒューゴ様に、隣にいる男性はそんなことお構いなしといった様子で笑う。

「いや、お前にべったり張り付かれて、あれをするなこれをするなと言われては、繊細《せんさい》な僕は息が詰まる。それで身を隠していたんだ」

「だからと言って机の下に隠れるとは、子供ですか」

ヒューゴ様はこめかみを引きつらせながらも怒りを必死に抑えている様子だ。身を縮こませていると、隣の男性がこちらに視線を向けた。

「せめてヒューゴが、君みたいに面白いとよかったのだけど」

「えっ」

まじまじと見つめて呟いた彼に驚き、目を瞬《しばた》かせる。呆気にとられていると、男性はふわりと笑う。

「君ははっきりと自分の意見を言うし、行動も面白いから見ていて飽きないよ」

えっと、褒《ほ》め言葉と受け取ればいいのかしら。

「なにをおっしゃっているのですか。女性に対して失礼ですよ。ささ、そんな狭いところから早くお出になってください」

途端、ヒューゴ様が焦り始め、机の下から出るように促《うなが》す。

「君、名前はなんて言うの？」

だが男性はいたってマイペースに、首を傾げて尋ねてくる。

「私は——」

「さあ、そんな場所にいては、腰を痛めてしまいます」

自己紹介を遮《さえぎ》られたので、ひとまず立ち上がり背筋を伸ばすと、ヒューゴ様が慌てた様子で私に声をかけた。

「このような場所で遊びに付き合わせてしまい、申し訳ありませんでした」

なぜか深々とお辞儀をされて、今度はこっちが慌てる番だ。

「気になさらないでください」

そもそも先に隠れていたのは私の方だし。

「いえ、狭い場所に女性を閉じ込めるなど、とんだ失礼を」

呆れたようなため息を聞くと、ますます私が先に隠れていたとは言いにくい。事情を知る男性は、なにが面白いのか、声を出して笑っている。そんな彼に鋭い視線を向けるヒューゴ様のこめかみがひくついていた。怒りのオーラを感じ取り、この場から早々に退却することに決める。

「あの、私、もう行きます」

そうして広間に戻ろうとする私に、男性が言った。

「ああ、またね」

またね、って、次はあるのだろうか。まあ、どこかの貴族家の人なら、今後も舞踏会などで顔を合わせることがあるかもしれない。

私はそっと頭を下げ、ヒューゴ様の脇をすり抜けた。

部屋を出て、廊下を一人で歩く。

ああ、これからどうしようかしら。ライザックとの婚約は絶対避けたい。いや、避けなければいけない。さもないと私の人生、お先真っ暗になる。

どうにかして対策を練《ね》らなくちゃ。

決意を固めながら華やかな広間へと戻ると、中心にライザックがいた。彼に見つからないように、そっと壁際に立つ。周囲では着飾った紳士淑女が会話を楽しんでいる。どうやら隣国の王子はまだ顔を出していないようだ。

浮き足立った雰囲気の中、私は気乗りしないままだった。

この場にいるのも面倒に思えて仕方ない。食事会のことよりも、どうやってライザックとの婚約を避けようかと、頭の中はそればかり。

ため息をつきつつ、気分を変えるためにそっと広間を見回す。

広間にいる女性は、派手なドレスを着ている人も多い。

あっいいな、あの真紅《しんく》のドレス、素敵だわ。まるで薔薇《ばら》のようだ。

そこで、自身のドレスをそっと見る。控えめな色のドレスはおしとやかで清純そうだけど、せっかくだし原色のドレスを着たいわ。それに髪型だって、ストレートに下ろしているけれど、巻き髪って素敵よね。ゴージャスに見えるし、華やかじゃない。

私もあんな格好がしてみたいな……

ボーッとしていると、ライザックがフッとこちらへ視線を向けた。

あ、しまった!! 目が合ってしまった。

慌てて逸らすけれど、もう遅い。ライザックの顔がパッと輝いた。

「アーネット!!」

やめて、両手を広げながら近づいてこないで。

逃げ出したいが、背後は壁。どうすることもできない。

「どこへ行っていたんだい？　君があまりにも素敵だから、攫《さら》われてしまったのかと思ったよ」

じりじりと距離を詰めるライザックに、引きつった笑いしか返せない。そうこうするうちに、奴が目の前まで来た。警戒心を込めて見つめていると、ライザックが首を傾げる。

「もう、僕を心配させるなんて、君は困った天使ちゃんだね」

そして硬直する私の額《ひたい》を、人差し指でチョンとついた。

その瞬間、一気に鳥肌が立った。

天使ちゃんて、なんだそれ。私はれっきとした人間だよ！

それに、なにより恐ろしいのが、周囲の視線だ。

皆がライザックと私を、微笑ましそうに見つめている。まるで『アーネットはライザック様のもの』と、言っているようだ。

気づいた瞬間、ゾッとした。

違う、違うの。私はライザックとはなんでもないの!!

いっそこの場で、声をふりしぼって叫んでしまおうか。

そう思った時、広間の奥の扉が開き、皆がいっせいにそちらへ顔を向けた。

王が、誰かを連れて広間に入ってきたのだ。後に続く人物に失礼のないよう、相当気を遣っている様子が見て取れる。その相手――一段高い場所へと進む人物の雰囲気に圧倒され、皆が口をつぐんでいた。

人波の間から見えた姿に、ハッとする。

さらさらとした長めの金髪と、きりっとしたブルーの目。鼻筋もスッとしていて、引き締まった長身に長い手足。堂々としたたたずまいは、人に見られることに慣れているのだと感じさせた。

さっきまで一緒だった、あの人じゃない!! どういうこと? どうして彼が王の横にいるの?

喉の奥から変な声が出そうになり、グッと堪《こら》えた。

王が広間をグルッと見回した後、口を開く。

「皆、よく聞いてくれ。こちらがルネストン国から遠路はるばるお越しになった、アレイス様だ」

爽《さわ》やかな笑みを浮かべた彼――アレイス様は一呼吸置いた後、語り出した。

「突然押しかけたにもかかわらず、熱烈な歓迎をありがたく思う」

彼は凛《りん》としていて、広間の皆の注目を一身に浴びても物おじしない。

「アレイス様、はるばるルネストン国から、このような素朴《そぼく》な国へようこそお越しくださいました。我々としても、精一杯のおもてなしを用意いたしましたので、お気に召すといいのですが……」

王が揉《も》み手をしながら擦《す》り寄っている。アレイス様はゆっくりうなずき、王に返答した。

「ああ、長旅で疲れてしまい、この場に顔を出すのが遅れたことを詫びよう」

にっこりと微笑んだ顔を見た女性たちが、感嘆の息を吐く。

え？　長旅で疲れたとか言うけど、さっきまで私と机の下に隠れていたわよね？　あんな暇があったのなら、早く広間に顔を出せばよかったのに。

眉間に皺《しわ》を寄せ、首を傾げていると、ライザックが私の耳元でささやいた。

「アレイス様の後ろにいるのが、彼の側近であるヒューゴ殿だ」

ちょっ、いちいち耳元で話さなくても聞こえているわ。

ライザックから身を引きつつ視線を向けたところ、ヒューゴ様が気難しそうな表情をして、アレイス様の背後に控えていた。

なんだか疲れたような顔をしている。アレイス様を探して走り回っていたのだから、無理もない。

じっと二人を見ている私の袖を、ライザックがいきなり引っ張る。嫌々振り向くと、ライザックは頬をプクッと膨らませていた。

「僕以外の男性を見ちゃダメだよ。妬《や》いちゃうな」

また寝ぼけたことを言い出したライザックに、目を覚ませと怒鳴りたくなる。だいたい、広間に集まっている人の半分は男性だよ。無理に決まっているじゃない。目をつぶっていろとでも言うのか。

もう言葉を返す気力もなく、ただ顔を引きつらせる。

そこから始まった食事会も、ライザックがうるさいせいで、ただただ苦痛だった。

主賓《しゅひん》であるアレイス様は広々とした椅子に、優雅に腰かけている。その横で、彼にこびへつらうナイール国の重鎮《じゅうちん》たち。そしてアレイス様の登場からずっと、そわそわして落ち着かない令嬢たち。

その光景を眺めているうちにふと視線を感じ、顔を巡らせたところ、女性と目が合った。

クリスティーナだ。彼女もこの場に来ていたらしい。

私と目が合うと、彼女は弾かれたようにサッと視線を逸らした。

その時、やっと気づいた。そりゃそうだ。彼女の立場からすれば、婚約者のライザックが自分を放置して私にかまけているなんて、いたたまれないし、針のむしろだろう。

「ねえ、アーネット。後で庭園でも回らないかい？」

それなのに、隣にいるこのおバカは、呑気《のんき》に私を誘ってくる。

本当に、自分のことしか考えてない。最低限の礼儀を持ちましょうよ。

クリスティーナの気持ちを考えなさい、と説教したくなるが、言っても無駄だろう。

そこでふと思う。

肝心のクリスティーナは？ 彼女の気持ちはどうなのだろう？

聞くなら、今日がチャンスだわ。

思い立った私は、側から離れようとしないライザックを改めてうっとうしく感じつつも声をかける。

「ライザック様、ちょっと用事を思い出しましたの。失礼しますわ」

「わかったよ、じゃあ僕も――」

「いいえ。ライザック様はこの国の未来を担《にな》うお方ですもの。アレイス様にご挨拶《あいさつ》なさった方がよろしいかと思いますわよ」

とっとと行ってこい、おバカ王子。

ついてこようとするライザックに、邪魔だとばかりに告げた。ライザックが渋々ながら挨拶《あいさつ》に向かった隙を見計らって、広間を横切り、お目当ての彼女へ近づく。

一呼吸置いた後、勇気をふりしぼって声をかけた。

「クリスティーナ様、ごきげんよう」

ゆっくりと振り返った彼女は、私を視界に入れると驚いたように目を見開いた。だが、すぐにいつもの冷静な表情に戻った。

「あら、アーネット様。ごきげんよう」

今日のクリスティーナが身に着けているのは、胸元が大きく開いた空色のドレスだ。派手だが、彼女によく似合っている。胸元を飾る大きな水色の宝石は、アクアマリンだろう。彼女の瞳と同色で、とても綺麗だ。丁寧に巻かれた髪に真っ赤な唇が、色気を醸《かも》し出している。

いいなぁ、美人だから、堂々と豪華なドレスを着こなせているわ。できることなら見習いたい。

「クリスティーナ様、少しお時間よろしくて？」

私が切り出すと、クリスティーナはアクアマリンを思わせる大きな目を見開き、私をまじまじと見つめる。こちらの真意を探っているようだ。

「あちらのバルコニーから、庭園へ下りませんこと？　お話がしたいと思っていたのです」

はっきり誘ったところ、考える素振りを見せた彼女は、視線をさまよわせたのち、ゆっくりとうなずいた。

よし、食いついた!!

「では、行きましょう」

クリスティーナの気が変わらないうちにと、バルコニーへ抜け出した。

石造りのバルコニーには階段があって、そこから庭園へ下りられるようになっている。

結構急なので足を滑らせないよう慎重に、庭園へ下り立った。

庭園には多種多様な花が咲き乱れていて、風が吹くとその香りが運ばれてくる。快晴の空に鳥たちがさえずる声と、白亜《はくあ》の女神像が傾ける水がめから水が流れ落ちる音を聞きながら、私はなるべく人のいない場所を探し歩いた。そして人気《ひとけ》のないところまで来たことを確認し、背後を振り返る。

「クリスティーナ様、単刀直入に聞くことをお許しください。ライザック様のことを、どうお考えですか?」

そう聞いた瞬間、クリスティーナの瞳が揺れた。

「どうって……」

あまりにもストレートな物言いだったせいか、動揺させてしまった。もう少しやんわり聞けばよかったか。だが、私も焦っていた。

なぜなら、これは自分の未来に関わるからだ。

「申し訳ありません、不躾《ぶしつけ》なことを申しまして。ただ、私は誤解のないようにお伝えしたかったのです」

「誤解、とはどのような?」

いぶかしそうなクリスティーナの目を見つめ、息をスッと吸い込み、はっきりと告げた。

「私、ライザック様のことを、好きではありません」

クリスティーナは目を瞬《しばた》かせ、眉間に皺《しわ》を寄せた。私は一気にたたみかける。

「ライザック様のお側にいたいと思えないのです」

空気が張りつめたものに変わった。しばらく沈黙が続き、先に口を開いたのはクリスティーナだった。

「でも、お二人は想い合っていると聞いております」

その言葉を聞き、私は驚愕《きょうがく》で目を見開く。

「え!? それは、いったい、どういうことですか？」

早く教えてくれとばかりに、淑女の仮面をかなぐり捨ててまくしたてる。私の勢いに圧倒されたのか、クリスティーナは言いよどみながらも教えてくれた。

「少なくとも、ライザック様がアーネット様をとても好ましく思っていることは、薄々感じていました。二人でいてもあなたのことばかり話題にするので……あの方の心はアーネット様のものだと感じるたびに、悲しくなっていたのです。それで、あの方の口からあなたの話題を聞くのが嫌になって……」

そりゃ、好きな相手、ましてや婚約者の口から他の女の話ばかり聞かされたら、面白くないわ。それは当然の反応だ。

「そのうちに、アーネット様もまんざらでもないのだと思ったのです」

「えっ、なんで!?」

もう素が丸出しである。

だが、構うものかと先を急《せ》かした。

「ライザック様が、アーネット様と想い合っているのだとおっしゃったのです。文通をしたり、二人だけのお茶会をしたり……。いろいろとお聞きしましたわ」

はい、それ、妄想乙——!!

ライザック、夢と現実の区別までつかなくなったのか!?

もしや、相当やばい人なんじゃないの?

これは、早々に訂正するに限る。私は心を落ち着かせるために深呼吸をしたのち、告げた。

「あのですね、クリスティーナ様。私はですね、ライザック様のことなど、これっぽっちも好きではなくてですね、むしろ生理的に受け付けないのです」

「受け付け……」

あまりの言い方に、クリスティーナはギョッとし、口に手を当てて目を丸くしている。

「まず、あの仕草がダメ。芝居がかった物言いにも、ナルシシズムを感じます。さらに服装のセンスが合いません。以前、彼が選んだ服をプレゼントするなんて言われましたが、絶対に着たくないです」

はっきりきっぱり気持ちを口にすると、クリスティーナは考え込んだ後、おずおずと尋ねてきた。

「それは、本心ですの？」

「ええ」

嘘偽《いつわ》りない本心だと、胸を張って伝える。

再び沈黙が落ち、クリスティーナが先に口を開いた。

「私ったら、一方的に誤解し、あなたにひどいことをしました。あなたがうらやましくて、嫉妬《しっと》して……故意ではなかったにしろ、結果的に転倒させてしまい、痛い思いをさせました。申し訳なく感じております」

きちんと謝罪するクリスティーナはやっぱり、思っていたよりもずっと思慮深い人だ。見た目の派手さやゲームの印象もあって高慢《こうまん》なイメージだったけど、こうやって話してみるとライザックなんかより、ずっと親しみを覚える。

「まあ、私も正直なところ……」

そこでクスッと笑ったクリスティーナの顔には、年相応の可愛らしさがあった。

「ライザック様の洋服の趣味は、あまり好きではありませんわ」

激しく同意する!!

私は、ぶんぶんとうなずいた。

いつの間にか、周囲に和《なご》やかな空気が漂《ただよ》っている気がする。

いいぞ、この流れ。ここで一気にクリスティーナの誤解を解いて、次は周囲の誤解を解いていくんだ。

「あのクリスティーナ様、今後も困ったことがあれば、相談しても——」

顔を上げた時、クリスティーナの背後から現れた人物が私の視界に入った。

ゲッ!!

直後、思いっきり顔をしかめた。

「なにをしているんだ、クリスティーナ!!」

険しい顔で叫んだのは、ライザックだ。いや、そっちの方こそ、なにしているんだよ!! 呼んでないのに、しかもこのタイミング。勘弁してほしい、もう二度目だよ。私にGPSでもつけているのかと不思議になるぐらいだ。

ライザックはツカツカと大股で歩み寄ってきて、私とクリスティーナの間に立った。

ちょっと、邪魔だから。人の前に立つのは失礼だと教わらなかったのか。

ライザックは芝居がかった動きでクルリと回ると、私をちらっと見た後、クリスティーナに向き直り、声を荒らげた。

「やめたまえ！　君だってわかっているのだろう？　僕の気持ちは君にはないってことが」

私の気持ちも、あんたにないけど⁉

両手を広げ、大声でクリスティーナを糾弾《きゅうだん》し始めたライザックを、唖然として見つめる。

次第に、ふつふつと怒りが湧いてきた。

せっかく、誤解も解けていい雰囲気だったのに‼

私から見えるライザックの後頭部を、いますぐ引っぱたきたい。だが、さすがにそれはダメだと自分に言い聞かせ、震える拳《こぶし》をギュッと握りしめた。

私は息をスッと吸い込むと、お腹に力を入れ、目を見開く。

「お言葉ですが、ライザック様、少し黙ってください」

厳しい口調ではっきりと告げた。ライザックは、それが私の発した言葉だと理解するのに時間がかかったみたいで、ゆっくりと振り返り、目をパチパチと瞬《しばた》かせる。そうして、あんぐりと口を開いた。

だが無理もない。控えめでおっとりとした、庇護欲をかき立てられる女性。それがアーネット・フォルカーの設定だったもの。

でもね、今は違うの。見た目はアーネットでも、中身は私よ!!　言いたいことは我慢しないし、やりたいことをやるわ。

第一、ライザックとの婚約なんてごめんだ。

今ここで、しっかりとライザックに告げよう。自分の口から。

決心すると、胸の奥から力がみなぎってくる。

「ライザック様」

冷たい口調で名前を呼ばれた彼は肩を震わせた。

「まずは誤解のないようにお伝えしますが、クリスティーナ様にいじめられてなどいませんし、嫌がらせも受けていません。思い込みが強すぎるのではないでしょうか?」

抑揚《よくよう》をなるべく抑えたつもりだが、既にライザックは怯《ひる》んでいる。

「だ、だが、こうやって呼び出されているじゃないか」

私は呆れ返ってため息をついた後、視線をライザックへ向けた。

「ですから、呼び出されたというのは、ライザック様の決めつけです。むしろ私が、ここまでクリスティーナ様をお連れしたのですわ」

「そ、そんな、クリスティーナを呼び出す理由など、君にはないだろう」

なんで理由がないと決めつけるかな。こーゆう短絡的な思考にもイライラしてしまう。

「ゆっくりと二人で話をしたかったのです。邪魔が入らないように庭園へお誘いしたのですが、結果的に無駄でしたね。邪魔が入りましたので」

ライザックに渾身《こんしん》の嫌味を放つと共に、にっこりと微笑みかけた。

さすがに鈍感な彼も、ここまではっきり言われ、自分のことだと気づいたみたいだ。

「じゃ、邪魔⁉」

信じられないとばかりにうろたえるライザックに、深くうなずいてみせた。

「あと、ごめんなさい。ライザック様のことは、ただの友人だと思っています。それ以上でもそれ以下でもありませんわ」

本当はそれ以下だと思っているけどね‼

そう伝えたかったが、我慢した。

クリスティーナは口に手を当て、目を丸くしているし、ライザックは頬を引きつらせている。

「な、なぜ、急にそんなことを？　今まで僕たちは、上手くやっていたじゃないか。仲《なか》睦《むつ》まじく、それこそ公認の仲だったはずだ」

「ライザック様、私が一度でもあなたに愛の言葉を申し上げたことがありますか？」

むしろ、必死に避けていたと思うけど。

冷たい視線と共に投げかけると、ライザックは焦り始めた。

私は、もうおしまいにしたいと、彼の目を見つめ、さらに口を開く。

「そもそも、ライザック様とは趣味が合いそうにありません」

お揃いの柄のドレスを着るかもなんて想像するだけで、倒れそうになる。

次はクリスティーナに、ニコッと笑いかけた。

「というわけでして、以上が本心になりますわ。ライザック様のことは、ちっともなんとも思っていませんし、気にもなりません。明日の天気の方が気になるぐらいですわ」

本心をさらけ出した瞬間、心が晴れ晴れとした。まさに晴天だ。

一方、ライザックは青天の霹靂《へきれき》とばかりに固まっていた。

後は、この場から退散するだけだ。

「では、広間に戻りますわ」

清々《すがすが》しい気持ちのまま、背中を向けた。だが、手首をパッと掴まれる。

「待つんだ、アーネット。それは君の本心ではないはずだ。そんな嘘を言って身を引くなんてこと、しなくてもいい」

どこまで自分に都合のいいように考えるんだ、この男は!!

プラス思考もここまでくると病気だな。

「手を離してください」

「離さない、君が本心を口にするまでは!!」

ダメだ、この人。

自分に都合が悪い意見は聞かないし、決して認めようとしないのだろう。

掴まれた手に痛みを感じて顔をしかめた時、パシャッと水の弾ける音がした。同時に芳醇《ほうじゅん》な葡萄酒《ぶどうしゅ》の香りが鼻をついた。

「う、うわっ!?」

目の前のライザックが頭から葡萄酒《ぶどうしゅ》を被ったのか、肩まで濡《ぬ》れている。顔を上げると、バルコニーに人影が見えた。

「ああ、すまない。手が滑って葡萄酒《ぶどうしゅ》をこぼしてしまった。大丈夫だったかい？」

この声には聞き覚えがある。

本日の主賓《しゅひん》である、アレイス様だ。

なぜ、こんな場所にいるの？　というか、見られていた？　いつから？

国賓にとんでもない場面を見られてしまったと、血の気が引いた。だがアレイス様は気にした風もなく、にっこりと微笑んだ。そしてバルコニーから庭園へ続く階段を下りてきた。

「庭園が素晴らしいと聞いたので、眺めのいいバルコニーへ案内してもらったんだ」

「そ、そうですか……」

みっともない場面を見られたと気づいたのか、ライザックは頬を引きつらせながらも、なんとか笑顔を取り繕《つくろ》っている。

「それよりも、頭から葡萄酒《ぶどうしゅ》を被ってしまったようだね、悪かった」

「いいえ、気になさらないでください。暑いと思っていたので、ちょうどよかったです。ハハハ」

ライザックも本当は怒りたいのだろうが、相手は大国の王子様。

ましてや、これから大口の取引をお願いしたい相手で、機嫌を損ねたら困るということは理解しているらしい。その調子で私の言うことも理解してくれ。

「すまない、ライザック殿。お詫びとして、我が国で流行している洋服を一式贈らせてくれ」

「あ、ありがとうございます。もったいないお言葉です」

「まずは着替えてくるといい。染みになっては大変だ」

「はい」

アレイス様と会話した後、ライザックはそそくさと去った。着替えに行ったのはもちろんだけど、あの場面をアレイス様に見られた気まずさもあるのだろう。

ともあれ、ホッと胸を撫《な》で下ろした私は、アレイス様に向き直る。

「このたびは、とんだ場面をお見せしてしまい、申し訳ありませんでした」

深々とお辞儀をして顔を上げたところ、アレイス様は顎《あご》に手を添えて、興味深そうにこちらを見ていた。

「それで君の名前は？」

首を傾げたアレイス様に、再びお辞儀をする。

「アーネット・フォルカーです」

すると、スッと手を差し出された。拒否するわけにもいかず、そっとその手に触れた瞬間、ぐっと引き寄せられる。フワッと爽快な香りが漂《ただよ》ったと同時に、耳元で声が聞こえた。

「なるほど。君が隠れていたのは、彼からだったんだね」

ズバッと言い当てられ、私は頬を引きつらせた。

否定せずに曖昧《あいまい》な微笑みを返した時、アレイス様の背後に人が控えていたことに気づく。

「アレイス様、近づきすぎです」

その人物、ヒューゴ様が静かにアレイス様をたしなめた。

「ああ、すまないね」

アレイス様はそう言って苦笑しながらも、私と距離を取ろうとはしない。それどころか気にした様子もなく言い出した。

「この庭園は見事だ。少し案内してくれないか？」

「私がですか？」

聞き返すと、アレイス様はゆっくりとうなずく。

困った。私は花の名前に詳しくもなければ、庭園のどこら辺が見どころなのか、わからないのだ。

「誰か人を呼んできますわ」

そう言って駆け出そうとした時、アレイス様に前を遮《さえぎ》られた。

「君がいいんだ」

えっと、そう言われましても、困ってしまう。なんの下準備もしていないのに。

すると、アレイス様の背後にいたヒューゴ様が額《ひたい》に手を当て、沈痛な面持ちで口を開く。

「アレイス様、お相手が困っていらっしゃいますので、その辺で」

「だが、素晴らしい庭園を歩いてみたいじゃないか。堅苦しい広間にいるより、ずっといい」

「ですが、ナイール国の方々がアレイス様をもてなそうと用意してくださった場です。庭園をご覧になるのは、いつでもできます」

しばらくヒューゴ様と見つめ合ったのち、アレイス様は深いため息をついた。

「わかったよ、ヒューゴ。まずは広間に戻ろう」

アレイス様が折れた。よかった、国賓に庭園を案内して回るなんて大役、私では務まらないだろう。ホッとしていると、アレイス様が私を見つめながら言った。

「では、庭園の案内は次回にして、その時は君にお願いしよう」

「は、はい」

なぜ私にこだわるのだろうかと思いつつも、断る権利はないので、ただうなずいた。

「では戻るぞ、ヒューゴ」

アレイス様が颯爽《さっそう》と踵《きびす》を返す。だが、ヒューゴ様はすぐにはついていかず、つかつかと私の目前まで歩いてきた。

「私はヒューゴ・ウェルネスです。アレイス様の側近をしております」

「アーネット・フォルカーです」

丁寧に腰を折ったヒューゴ様に、私も頭を下げる。

「今後、なにかあれば相談してください」

「は、はい」

なにかってなに？　真面目な顔をして言うものだから、気になってしまう。

「遅いぞ、ヒューゴ」

アレイス様の急《せ》かす声が聞こえ、ヒューゴ様は慌てて後に続いた。そして庭園には私とクリスティーナだけが残される。

一連の出来事のせいで、クリスティーナと腹を割って話すつもりが、そんな雰囲気ではなくなった。それに肝心のライザックも退場したが、あれで納得してくれたのだろうか。消化不良な感じだけれど、ここにいるのもなんだし、私たちも広間に戻ろう。

「クリスティーナ様、私たちも戻りませんか」

提案したところ彼女が静かにうなずいたので、そのまま広間へ戻る。

そして、またライザックに捕まったら面倒なことになると判断した私は、具合が悪いので先に帰りたいと父に伝え、早々に屋敷へ戻った。

皆の前ですべてをぶちまけた爽快感から、私は屋敷に戻ってすぐに眠った。今まで悩んでいたことをようやく口にできたおかげか、翌日の目覚めは最高だった。

ベッドの中で目を開け、伸びをする。

今日はもう一つ、自由にすると決めたことがあった。

ベッドから下り、クローゼットの前に立つ。扉を開けると、そこには白、黄色、若草色、薄い桃色など淡い色合いのドレスがずらりと並んでいる。同じようなデザインばかり、二十着近くあるかしら。

「よし!!」

かけ声と当時に、ドレスを手に取り、選別し始める。

そうこうしていると、エミリーが入室してきた。

「おはようございます」

「あら、おはよう、エミリー」

エミリーは怪訝《けげん》そうな表情だが、無理もない。令嬢が早朝からクローゼットをガサゴソ漁《あさ》っているのだもの。

「あの、なにをなさっているのですか?」

「ああ、ドレスを選んでいるのよ。これと……。あと、これもいらないわね」

不要だと判断したドレスを手に取り、近くのソファの上へどんどん積み重ねた。

ドレスの他にも、羽のついた優雅な帽子など、もう身に着けないだろうものをすべてクローゼットから出して、一ヶ所にまとめる。

「あっ、そうそう、これもあったわね」

呟きながら、クローゼットの一番奥にしまっていた黒い袋も、今が処分する機会だと引っ張り出した。

エミリーは目を丸くしてこちらを見ている。

しばらく経って満足したところで、私は彼女に声をかけた。

「よし、これぐらいでいいかしら」

すっかりスカスカになったクローゼットには、片手で足りるぐらいのドレスしか残されていない。

私はわくわくしている。

ここに今度は、自分の好きなものを入れていこうと決めたのだから。

「エミリー、手伝ってちょうだい。このドレス、すべて教会に寄付するわ」

「えっ!?」

「こんなにたくさんのドレス、いらないわ。体は一つしかないのだし」

「気にいっていらしたドレスも含まれていますが……」

「以前はね。今は趣味が変わったのよ」

エミリーは呆気にとられて、目を瞬《しばたた》かせている。

「そうだ、今日は仕立て屋を呼んでちょうだい。これまでとは違う新しいドレスが欲しいの」

「は、はい」

「お父様もドレスを新調してもいいと言っていたし……まずは着替えるわ。エミリー、手伝ってくれる？」

そう、私はネグリジェのまま作業していたのだ。白いレースが足元までひらひらしているネグリジェ、これも私の趣味じゃないなー。でも、寝間着くらいは我慢するかと思いながら、脱ぎ捨てた。

そして残したドレスのうちの一つに着替える。

「お腹が空《す》いたわ。朝食はなにかしら」

エミリーの動揺には気づいていたけれど、素知らぬふりをして、うきうき気分で階下へ向かった。

午後になると、仕立て屋がやってきた。
「いつもご贔屓《ひいき》にしていただき、ありがとうございます」
うやうやしく頭を下げる店主はまだ若いが、腕はいい。三代目店主で、初代の時から
ずっと懇意《こんい》にしているフォルカー家のお抱えだ。
「本日はどのようなドレスをご所望でしょう？　先日、リリオの花の色合いをした生地
が入荷しまして、アーネット様によくお似合いになると思います」
仕立て屋の助手が布の見本を手にして、見せてくれた。
リリオとは、薄いピンクの花弁の、可愛らしい花の名前だ。確かに、見せてもらった
布地は花と同様に楚々《そそ》として綺麗だった。今までのアーネットが選んでいた服の系統を
よく理解している。
だが、私は静かに首を横に振った。
途端、店主の顔に驚愕《きょうがく》が走ったのを、私は見逃さなかった。
これまでは、すすめられるまま、うなずいていたものね。
「もっと濃い色を使ってほしいの」
すると、店主はパチクリと目を瞬《しばた》かせる。
「デザインも今までとは違った雰囲気にしたいの。清楚で可憐《かれん》なイメージのドレスが多

かったから、今度は大胆な色合いで、派手にいきたいわ」

店主はよほど驚いたのか、口を開け、目を泳がせた。

「どのようなデザインをお考えでしょうか？」

聞かれたので、思いっきり趣味全開のドレスのイメージを口にする。鮮《あざ》やかで目立つ色がいいとか、下品じゃない程度に胸元を広げてほしいとか、大人びた印象のドレスが着たいのだとか、熱く語った。店主は最初困惑していた様子だったが、次第に瞳が輝き出す。

「では、数日前に入荷したネイビーの生地にラメを散らしてみてはどうでしょう？　明け方の星空をイメージした感じで」

「それいいわね。大人っぽそうだわ」

店主が乗ってきた。自分の意見が取り入れられることが嬉しいみたいだ。

それにしても、こうやってドレスの出来上がりを想像しながら相談するのって、最高に楽しい。わくわくしてきちゃうわ。

「とにかく、今までのイメージを一新したいの」

はっきり告げると、店主は力強くうなずいた。

「わかりました」

創作意欲が湧いたらしい店主は、張り切って帰路についた。急ぎで仕立ててくれるそうで、早ければ数日の間に出来上がるのだとか。ありがたい。

「さて、他にも用意しなくちゃね」

立ち止まっていられないとばかりに、私はさらに動き出した。


そして、仕立て屋を呼んだ三日後。

注文の品が出来上がったと、店主が直々《じきじき》に屋敷へ届けてくれた。ドレスの入った箱を開けた瞬間、その鮮《あざ》やかな色合いに目を奪われる。

「まあ、とても素敵」

店主は私の反応を見て、嬉しそうに頬を綻《ほころ》ばせた。

「甘さは出したくないとのことでしたので、フリルなどは控えめにしております。その分、デコルテラインをハートカットに仕上げました」

ドレスの説明をする店主に微笑みかける。

「ありがとう、嬉しいわ。パッと目を惹くネイビーと、ちりばめられたラメがとても綺麗ね」

素直に礼を口にすると、店主は頬を染めた。

「とんでもございません。私の案を採用していただき嬉しかったですし、作るのが非常に楽しかったです」

「あなた、本当に趣味がいいのね」

再び微笑みかけたところ、店主は目を丸くしたのち、照れた様子で頬をかいた。実際、店主とこんなに話したのは初めてだ。

「これからも素敵なドレスを作ってほしいの。どうぞよろしくね」

今までは同じような色合いで、似たようなドレスばかりをお願いしていた。だから店主と話し込むことなどなかったのだ。だけど、話してみると趣味が合う。彼とは長い付き合いになりそうだ。

店主は、次回までに私に似合うデザインを考えてくると言い、興奮した足取りで帰っていった。インスピレーションが刺激されたとも言っていた。

「さてと。では、いっちょ、着替えますか!!」

出来上がったドレスを手にして、自室へ向かう。

箱から出したドレスの素材はシルクで、手触りがとても柔らかい。艶《つや》があって、光が当たるといい感じに輝いて見える。

袖を通し、着心地のよさを感じた。鮮《あざ》やかな色のドレスに身を包んだ瞬間、心まで晴れやかになってくる。

その時、部屋の扉がノックされた。返事をするとエミリーが入室してくる。着替えを済ませた私を見たエミリーは目を丸くしているが、無理もない。

「そのドレス、どうなさったのですか？」

驚きながらも問いかけてくるエミリーに、少しだけ緊張した。なぜなら、このドレスは今までと系統が違いすぎて、あまりいい顔をされないかもしれないと不安になったからだ。

「ちょっとね。今まで同じようなドレスばかりだったから、冒険してみようと思ったのよ」

正直に告白したところ、エミリーはごくりと喉を鳴らした。相変わらず目を見開き、まじまじと私を見つめている。

「やっぱり似合わないかしら？」

反応がいまいちだったので、気落ちしてシュンとなった時――

「とんでもございません!!　すごくお似合いですわ、アーネット様」

急にエミリーが両手を組み、瞳を輝かせて近づいてきた。

「初めはびっくりしましたが、とても素敵なドレスですわ。アーネット様は色鮮《あざ》やかなドレスをお好みではないと思い込んでいましたので、驚いただけです」

エミリーが、私の周囲をぐるっと回る。

「全体にラメがちりばめられているのですね。綺麗ですし、ドレスから見える華奢《きゃしゃ》な肩がセクシーです」

「そ、そうかしら？」

我ながら調子のいいもので、褒《ほ》められた途端、気持ちが浮上した。嬉しくなり、頬を染めて照れてしまう。

「今までの可愛らしいイメージから一転して、『大人の女性』という雰囲気ですわ」

「ありがとう」

たかがドレス。されどドレス。

装《よそお》いだけで見た目や雰囲気がガラリと変わる。そして心も。

「私ね、こんな色のドレスは似会わないかもしれないと思って遠ざけていたの。だけどこれからは、今までと違うことにもチャレンジしていきたいわ。着たい服を着て、やりたいことをやるの。ドレスは最初の一歩よ」

はっきりと告げると、エミリーは真面目な顔になり、私をまじまじと見つめた。

「変わられましたね、アーネット様」

内心、ドキッとした。しかし、違って当然だ。私はアーネット・フォルカーだが、前世の記憶もあるのだから。

「そうね、周囲に流されて、望まない結末を迎えるのは嫌だと気づいたから」

それはもちろん、あの男、ライザックとのことを指している。あのままいったらライザックと婚約――なんて流れになっていたかもしれない。想像したくないけど。

人生は一度きり。やりたいことをできないまま、ある日急に終わってしまうかもしれないのだから。前世の私みたいに。

それならば悔いを残さないよう、精一杯生きると決めたのだ。

「それでね、エミリーにも手伝ってほしいの」

「ええ、なにがあろうとも、アーネット様を応援しますわ。私にできることがあれば、なんなりとお申し付けください」

張り切って胸を叩くエミリーは、本当に頼もしい。クスリと笑った後、頼みごとを口にする。

「実はね、髪を巻いてみたいの」

「髪をですか？」

エミリーはよほどの頼みごとをされると思っていたのか、キョトンとした表情をした。

「そうなの、ずっとストレートだったから、髪型も変えてみたい。それこそゴージャスにカールさせてみたいのよ」

自分の髪を手で梳《す》きながら言う。指と指の間をサラサラと流れる髪の感触は嫌いじゃない。だけど憧れているの、長い髪をクルクルと巻くことに!!

「わかりました、準備してきますわ」

エミリーも心なしか興奮している様子で、頬を上気させ、いったん部屋から出ていった。私はドレッサーの椅子に腰かけ、鏡の中の自分を見つめる。

自分で言うのは痛いかもしれないが、アーネットはこのままでも十分美人だ。だけどイメージを変えても、美人なんじゃないかしら？ 素材はいいのだし。なにより私が変身したくてたまらない。よく高校デビューとか聞くけど、あれだね、私の場合は転生デビューと言うのかもしれないわ。

すぐにエミリーが部屋へ戻ってきた。どこからか髪を巻く道具を調達してきたみたいだ。

「では、早速巻いていきましょう」

私と同じか、それ以上に張り切っているエミリーが、すぐさま大きめのロッドで私の髪を巻き始めた。

「ですがアーネット様、ドレスも髪型も変えるとなれば、お化粧も変えた方がいいんじゃないですか？」

エミリーの提案に、即座に乗る。

「やっぱり、そう思うよね」

今までは薄い化粧を施《ほどこ》しているだけだった。白い肌にパウダーをはたき、唇にほんのり色をつける程度。

だが、エミリーが言う通り、ドレスも髪型も変えたとなれば、それに合わせた化粧も必要になる。

「じゃあ、お化粧も変えてみたいわ。赤い紅とかをつけてみたいし」

「いいですね、目元もはっきりさせて目力を出しましょうか」

そこからはエミリーと二人、女性らしい会話で盛り上がった。生まれて初めてアイラインを引き、頬紅をつける。まつ毛もクルンと上げて、いつも以上にぱっちりとした二《ふた》重瞼《えまぶた》になった。普段より時間をかけて化粧を仕上げ、最後に唇に赤い色を落とす。

「はい、出来上がりです」

エミリーの満足げな声を聞き、鏡の中の自分を見つめる。

はっきりとした顔立ちが際立ち、勝気そうに見える、自信にあふれた女性の姿が映っていた。

「これが私……」

思わず呟くと、エミリーがはしゃいだ声を上げる。

「はい、すごくお綺麗ですわ。ガラッと印象が変わりましたね」

今までは自己主張をせず、周囲に合わせることを第一に考え、装《よそお》いも控えめにしていたアーネット。だけど、今はくっきりと引かれたアイラインと、真紅《しんく》に彩《いろど》られた唇の、気の強そうな女性へと変貌を遂げている。なにより、クルッと大きめにカールした髪型が気に入った。

鏡の中の自分に、にっこりと微笑んだ。

「ありがとうエミリー。私、ずっと憧れていたの」

着たかったドレスを着て、好きな化粧を施《ほどこ》す。

これは誰のためでもなく、自分のための魔法。変わりたいという意志の表れ。ようは決意表明よ。

ああ、たったこれだけなのに、気分が上がり、自信が湧いてくる。

それに、やっぱり自分で言うのはあれだけど、ナイスボディじゃない。今までは体の線を隠すようなデザインのドレスが多かったけど、この体型を強調しないとね。前世が貧乳だったから、なおさらよ。

「私、頑張るわ」

自分自身に活を入れるためにも、呟く。

そうよ、ライザックのことだって、撥《は》ね除けてみせるわ。そう意気込むと同時に椅子から立ち上がる。

そして階下にいる、両親の反応を確認しに行く。

私の姿を視界に入れた時の両親の顔を、私は一生忘れないだろう。

二人して私の姿を見た途端、固まったのだ。そして視線だけを動かし、私のつま先から頭のてっぺんまで、じーっと見つめた。そう、目を見開きながらね。

私は、うろたえる両親へにっこり微笑んだ後、「思うところがありまして、これからは好きなことをしますわ」と宣言した。

結果、口を開けたまま固まった両親を残し、自室へ戻った。

これから先の未来を想像すると、胸が躍る。

この調子で、自分の望む未来を目指すと心に誓ったのだった。


私が変貌を遂げたことは、あっと言う間に貴族社会へ広まり、噂《うわさ》になった。

あの儚《はかな》げだったアーネットはどこへ行ったのだろうと、皆が驚いているとエミリーから聞いている。清楚なイメージが崩れたと、嘆《なげ》いている男性が多いとかどうとか……

まっ、私には関係ないけどね。勝手なイメージを押し付けないでよ。

でも、おかげで私宛の恋文がだいぶ減った。返事を書くのが大変だったから、これも喜ばしいことだ。

当の私はというと、あれからも好きな装《よそお》いをして、日々を過ごしていた。

これまで、アーネットは刺繍《ししゅう》をしたり、詩を書いたりするのが趣味だった。だけど、今の私はまったくそれらに興味がない。だからやめた。興味のないことに時間を費《つい》やすのは無駄だ。

私の次なる目標は、屋敷の外へ遊びに出ること。まずは行動範囲を広げるわ。

そして早速、それを実行に移すことにしたのだ。

「お父様、お母様、私、少し出かけてきますわ」

朝食を取り終えた後、そう告げると、両親は目を丸くした。

「ど、どこへ出かけるというんだい？」

慌てふためいて尋ねてきたのはお父様。今までそんなことを言い出したことがなかったので、あきらかに動揺している。

「丘の上の教会へ行ってきます。寄付したいものがありますの」

私はあらかじめ用意していた台詞《せりふ》をシレッと答えた。教会へは今までも寄付をしに通っていたので、怪しまれないはずだ。もっとも、常にお父様が一緒だったけれど。

「だが、今日は予定があるから、そんな急には――」

「構いませんわ、お父様。私、一人で行けますわ」

ついてこようとする父に告げる。一人で自由に出歩きたいのだから、付き添いは無用だ。

なにか言いたげな両親に、にっこりと微笑みかける。

「大丈夫ですわ。明るいうちに行き、すぐに帰ってきます。エミリーもいますし、タナトス神父にも久々にご挨拶《あいさつ》してきますわ」

こうして戸惑う両親に見送られ、屋敷を後にした。


揺れる馬車の中、エミリーと二人、向かい合わせで座る。

「ごめんなさいね、エミリー。あなたにまで付き合ってもらって」

エミリーは首を横に振って答えた。

「いえ、私もご一緒できて、嬉しいですわ。でも、どうして急に教会へお出かけになるのですか？」

「ちょっとね、寄付したいものがあるのよ」

「左様でございますか」

「その前に、街へ少し寄ってもらわないとね」

従者に、教会へ行く前にオルトの街へ寄ってくれと告げる。オルトの街はこの辺りで一番栄えている街で、治安も悪くない。

「ねえ、エミリー。オルトの街で、雑貨を買い取ってくれるお店を知らない？」

「いくつか知っております」

「じゃあ、案内してちょうだい」

そして私たちはオルトの街へ降り立った。通りはいろいろな店が立ち並び、買い物客で賑わっている。

「わあ、すごいわね」

人々の生活に触れ、今まで歩いたことのない街を歩いていると思うと、感動すらした。

そうして周囲を見て回る中、とある店を見つける。空色の屋根の建物で、なにより驚いたのが、店の外まで行列が続いていることだ。店の脇には木でできた看板が立っている。

「ねえ、エミリー、あの店はなにかしら？」

不思議に感じて聞いてみると、エミリーは目を輝かせた。

「今、街で有名なスイーツのお店ですわ。大人気だそうですよ」

私も甘いお菓子は大好きだ。ぜひ食べてみたいと思ったが、今日は時間が限られている。並んでいたら時間が潰れてしまうので、あきらめた。

「行きたいけど、また次回ね」

そう口にする私に、エミリーが提案してくる。

「では、お屋敷に届けてもらいますか？」

アーネット・フォルカーは侯爵家の令嬢。きっと、望めば翌日には屋敷に届けられるだろう。

しかし、静かに首を横に振った。

「いえ、いいの。またお店に行くわ」

そう、自分の足で街へ来て、食べに行きたい。他人からしたら、たわいもないことかもしれないけど、私にとってはそれすらも冒険だ。

「で、エミリー。馬車の中で聞いたお店はどこかしら？」

「はい、大通りを真っ直ぐ歩いた先の角にある、赤い屋根のお店ですわ」

そして、私たちは目当ての店にたどり着いた。近くに『品物買い取ります』という看板が出ている。

「行くわよ」

初めての店を訪れることに緊張しつつ扉をノックした後、そっと中へ足を踏み入れた。

「いらっしゃいませ」

すると、小柄な中年男性が声をかけてきた。店内は雑貨やら服やら、さまざまな品物がところ狭しと並んでいる。

異国の品物も取り扱っているためか、異国情緒が漂《ただよ》っていた。雑然としてはいるが、清潔感のあるお店だ。

カウンター越しに店主へ挨拶《あいさつ》をして、手にしていたバスケットの中から品物を取り出した。

「これらをすべて現金に換えたいの」

カウンターにずらりと並べた品物を見て、店主は目を見開く。

無理もない。

羽《は》が生えた謎の動物の柄がついたスカーフ。

キノコをかたどったらしき、いびつなデザインのブローチ。

大きく開かれたカエルの口から音楽が鳴り出すオルゴール。

茶色と黄色の縞模様《しまもよう》の生地で作られた扇子《せんす》。

豪華で派手派手しいブックカバーが施《ほどこ》された分厚い詩集。

こうも悪趣味な品物をずらりと並べられては、困惑するのも仕方ないだろう。

「いただきものなのだけど、趣味が合わなくて。だから使える部分だけ買い取ってほしいの」

そう、この品物はすべてライザックからの贈り物だった。頼んでもいないのに、ことあるごとに贈ってくるものだから、処分に困っていたのだ。

その上、『僕の贈った品物は使ってくれている？』と、たびたび聞いてくるので、それにも困っていた。

使えねーよ!! 自分の趣味を押し付けるような贈り物ほど困るものはない。

聞かれるたびに、『もったいなくて、家に飾ってあります』なんて答えていたっけ……だけど、実際はクローゼットの肥やし。いや、肥やしどころかクローゼットの奥の奥に、黒い袋にまとめて放り込んでいた。『触れるな、危険』と封印をした上で。

その禁断の袋を開封し、どうしようもなさそうなものは捨て、使えそうなものだけ持ってきたのだ。

寄付するにしても、このままでは使い物にならない。ならば、分解すれば、どこかしら使い道があると考えたのだ。

「例えば、このオルゴールのカエルの目になっているのは、パールなの。この部分をほじくり返して加工すればネックレスにでもできるし、オルゴール部分だけだって使える。そして、このブックカバーは高級な革だし、中身のポエムは暖炉《だんろ》にくべれば部屋が暖まると思うの」

妄想乙としか言えないライザック作のポエムも、内容は寒いが使いようによっては有用なはず。あ、逆に寒くなるかしら。

「アーネット様……」

エミリーはせっかくの贈り物をそのように……と言いたげだが、私ははっきりと告げた。

「ごめんね、エミリー。私、あの方に関わるものを部屋に置いておきたくないの」

仮にまた贈られても、突き返すわ。ついでに、国の税金を無駄使いしてるんじゃないわよと、説教してやりたい。

店主のおじさんが、査定には少し時間がかかると言ったので、街をぶらぶらと歩いて時間を潰すことにした。

扉を開けると、賑わう街の音が聞こえてくる。誰かがおしゃべりする声だったり、売り子が客を呼ぶ声だったり、店員が荷物を運ぶ音だったり。

心地よい風がふき、頬を撫《な》でる。

私は思いっきり息を吸い込んだ。

太陽の下、賑やかな街に、自分の意思で来ている。

たったこれだけのことなのに、晴れ晴れするほど気持ちがいい。背後で静かに見守ってくれているエミリーを振り向いた。

「少し街を散策しましょう」

「はい」

そう提案した後、浮かれつつ街を歩いた。両親には教会へ行くとだけ告げてきたので、お忍び気分だ。そうしていると、食べ物を扱っている店が目に入り、足を止めた。丸い団子形の美味《おい》しそうな揚げ菓子が、お皿に載っている。

「ほら、見て。あれはなにかしら？」

「あれは小麦粉にバターと砂糖とナッツを加え、油で揚げた食べ物ですわ」

「……食べてみたいわ」

ぽつりと呟くと、エミリーはさすがに絶句したのち、たしなめてきた。

「アーネット様、街で歩きながら食すなど、あまりおすすめしません。お腹を壊すかもしれませんし」

「でも、とても美味《おい》しそうだわ」

甘い香りが鼻先に漂《ただよ》ってきて、食欲をそそり、辛抱できなくなる。私はお金の入った小袋をギュッと握りしめ、気づけば店を目指して走り出していた。

「あっ、アーネット様!!」

エミリーの制止する声も、今の私には届かない。

「一皿くださいな」

「はいよ、揚げ立てあつあつだよ」

店主のおじさんは皿に、丸い揚げたてのお菓子を山盛りに載せてくれた。

「えっ、こんなに?」

戸惑っていると、店主が照れたみたいに鼻の下をかいて言う。

「や、俺は綺麗な女性にはサービスしたくなるんだよ。まあ、食ってくれ」

店主にお礼を言い、小袋からお代を出す。初めて自分でお金を払うので、多少もたついたが、店主は笑顔で待ってくれた。

「これでお願いします」

緊張しつつ硬貨を差し出すと、店主は硬貨をサッと確認して受け取りながら、白い歯を見せて笑った。

「まいどあり。店の後ろにベンチがあるから、よければそこで食べていってくれ」

「ありがとうございます」

早速エミリーと二人で、木でできた簡素なベンチに腰かける。

「アーネット様、勝手に走っていかれるのは危険です。やめてください」

「ごめんなさいね。つい食欲に負けてしまったわ」

少しだけ怒った顔を見せるエミリーに謝り、促《うなが》す。

「さあ、食べましょう」

一口サイズの揚げ菓子を指でつまんで口の中に入れた途端、甘さが広がる。素朴《そぼく》だけど、くせになる美味《おい》しさだ。

「美味《おい》しい」

卵とバターのシンプルな味に歯ごたえのあるナッツがいいアクセントになっている。

それに、青空の下で食べるのは最高の気分だった。

「本当、美味《おい》しいですね」

さきほどまで怒り顔だったエミリーも、もぐもぐと口を動かすうちに笑顔になっていた。そしてあっと言う間に二人で完食する。

「さて、もう少し街を歩きましょう」

せっかく街へ来ているのだから、休んでいる時間がもったいないと思い、エミリーを急《せ》かした。

再び散策を始めてすぐ、向こう側から歩いてきた長身の男とすれ違う。右によけたつもりが、肩と持っていたバスケットがぶつかってしまった。

「あ、ごめんなさい」

男はこちらにチラリと視線を投げただけで、止まらずに去っていった。態度の悪さに怯《ひる》んだが、なんとなく違和感があり、バスケットの中をのぞく。

「あれ……」

中にあったはずのお金を入れた小袋がなくなっていた。さきほどの店で揚げ菓子を購入した以外、外には出していないのに。

もしやさっきの男に盗まれた？

出発前に、いくら治安がいいとはいえ、スリやかっぱらいがまったくいないわけではないと聞いていたことを思い出す。

きっと、浮かれ気分で街を歩いていたところに目をつけられたのだ。

私がパッと顔を向けると、さきほど背の高い男は人混みの中を歩いていた。

「ちょっと、待って!!」

「アーネット様？」

隣のエミリーの驚く声を聞きながら、急いで男を追いかける。

「待ちなさいよ」

息を切らせて追いつくと、男はチラッと横目で私を見た。目つきが悪くて怖い。だが、ここで引き下がるわけにはいかない。

「あなた、私の小袋を知らないかしら？　さきほどぶつかった時に、なくなったのだけど」

はっきりと告げると、男は目を細めた後、鼻で笑った。

「いきなり、なにを言い出すかと思えば。とんだ言いがかりだな」

通りで男と女が言い合いを始めたものだから、人々が足を止めて遠巻きに見ている。

「アーネット様、ここは引き下がりましょう」

エミリーが袖を引っ張るが、ここまできて引き下がることなんて、できやしない。

人だかりができたことに、男は舌打ちをした。そしてエミリーの手首を急にグイッと掴んだ。

「きゃっ‼」

エミリーは恐怖で顔を強張らせ、目を見開く。

「なにをするの、彼女の手を離して‼」

虚勢を張り、声を張り上げたが、男は怯《ひる》みもせず、うるさそうに顔をしかめながら言った。

「ここじゃ、目立つ。すぐそこまで顔を貸しな」

男が顎《あご》でしゃくった先は、大通りから入る小道だった。あまりにも乱暴なやり口に、怒りが込み上げてくる。

「まずは手を離しなさい」

だが男は私の言葉を無視し、エミリーの手を掴んだまま、彼女を引きずるようにして連れていく。

まずい、エミリーが連れ去られてしまう。エミリーは口をパクパクと開くばかりで、悲鳴を発することもできずにいた。

「ちょっと、待ちなさいよ」

焦った私はたまらず男の背中を追いかける。

男は背後も見ずに、どんどん歩いていく。いったい、どこまで行く気だろう。これ以上、相手のペースに引き込まれてなるものかと思い、走って男の前に回り込んだ。

「ここでも話はできるはずよ。まずはその手を離しなさい!!」

男はハンッと鼻で笑うと、エミリーを拘束《こうそく》していた手を離した。

「ア、アーネット様ぁ」

可哀想に、エミリーは涙声になり、私に縋《すが》りついてくる。

「大丈夫よ、エミリー」

落ち着かせるために彼女を必死でなだめていると、男が声を張り上げた。

「さっきはよくも、とんだ言いがかりをつけてくれたな。おかげで恥をかいたじゃねえか。どうしてくれるんだよ。だいたい、どこに証拠があるっていうんだ?」

女二人だと思って強気な態度だが、ここで負けちゃいけない。弱気になったら相手の思うつぼだわ。

「私、見たもの。あなたの手が小袋を握ったのを!!」

いちかばちかでカマをかけると、男は両手をひらひらと振ってみせた。

「調べてもいいぜ。上着のポケットに手を入れてみるといい」

「それは……」

いくらなんでも知らない男の体なんて、服越しとはいえ触りたくない。戸惑う私に、男がズイッと一歩前に出て、顔を近づけた。

「俺が盗《と》ったと決めつけているが、調べる気も、証拠もない。この落とし前、どうつけてくれるんだ」

「それは……」

エミリーが私の袖を引っ張りながら、焦った声を出す。

「いけません、アーネット様。ここは裏路地です」

ハッと、気づいた時には遅かった。周囲は人の姿がなく、いるのは私たちのみだ。ごくりと唾を呑み込み、虚勢を張って気丈な声を出す。

「小袋を返してくれれば、警備隊には知らせないわ。早く返して」

いくらエミリーを人質にされていたからって、こんな場所まで知らない男の後ろをのこのこついていくなど、みずから罠にかかったようなものだった。

自分自身の世間知らずさと、浅はかな行動を悔やむけれど、もう遅い。

目の前の男は自分の優位を知っている。相手は女性二人。どうとでもなると思っているのだろう。にやにやといやらしい笑みを浮かべつつも、目つきは鋭い。

私は一歩後ろに下がり、エミリーにそっと耳打ちをした。

「エミリー、いざとなったら走って逃げて」

「えっ!!　そんなこと、できるわけがありません」

「そうじゃないの。人を呼んできて」

自分の勝手な行動で、これ以上エミリーに被害が及ぶことは避けたい。

「なに、二人でこそこそと話してるんだ」

男がずいっと近づいてきた。さらに一歩後ろに下がると、背後は壁だ。背中に冷や汗が流れる。

「あんた、いいところのお嬢様だろう」

答える義理はないとそっぽを向いた途端、顎《あご》をぐいっと掴まれ、前を向かされた。

「手を離して!!」

「いいねぇ、その威勢のよさ。あんたみたいな勝気な女って、めちゃくちゃに泣かしたくなるよなぁ――」

ごつごつした手にぐっと力が込められ、男が顔を近づけた。私は汗臭さに顔をしかめると同時に、右手を張り上げる。

そして、パシーンと心地よいぐらいの音を響かせて男の頬を張り飛ばした。

「無礼者！　手を離しなさい!!」

思いっきりにらみつけると、一瞬、呆然としていた男は憎しみと怒りを込めた表情に変わる。

「クソッ!!」

手首を掴まれ、さらに路地の奥の方へ引っ張っていかれそうになったその時、足音が聞こえた。そして裏路地に、落ち着いた声が響く。

「はい、そこまで。ストップ」

呑気《のんき》な声がした方へ視線を向け、私は目を見開いた。

「あ、あなたは……！」

見間違いかと思った。だが、スタイルのいい長身に、金色の髪、きりっとしつつも爽《さわ》やかなブルーの目を見て、確信する。

「アレイス様、なぜ、こんなところに……」

「奇遇だね。僕も街に来ていたのさ。この国の特産品を知りたかったし、街がどんな様子か見たかったから」

いきなり現れたアレイス様に、男は呆気にとられ、私から手を離したじろいでいた。

「で、街を歩いていたら君の姿が見えたから声をかけようと思ったところ、裏路地の方に消えたので、ついてきたんだ。なに、今度は追いかけっこでもしているの？」

クスリと笑ったアレイス様は、余裕の態度を崩さずに、男と向き合う。

「あのさ、スリの典型的なパターンでね、犯人は一人じゃない。一人がお目当ての人間から財布を抜く。そして側で待機している相方に収穫品をすぐさま渡すんだ。そうすれば、万が一、盗んだと詰め寄られても、なんとでも言い訳ができるだろう？」

「あ……」

言われてみれば、もっともだった。

ということは、目の前の男とグルになっている相手がいるはず。

「なんだよ、お前もなに言いがかりつけてんだよ!!」

頭に血が上《のぼ》った様子の男が、アレイス様に握りしめた拳《こぶし》を繰り出す。しかし、アレイス様は軽やかな動きでヒョイとそれを避けた。そしてすぐさま男の背後に回り込み、手首をひねり上げる。

「痛《い》っっつつつ!!」

なにが起きたのか理解する前に、男の苦痛の声が上がった。

見ているだけで痛そうだ。アレイス様は涼《すず》しい顔をしていて、相当手馴れているのがわかる。

緊張に唾を呑み込んだ時、後方から冷静な声が響いた。

「アレイス様、目立つ行動は、お控えください」

「ヒューゴ」

見ると、見覚えのない人相の悪い男が、ヒューゴ様に背中側で両手首を掴まれ、苦痛の表情を浮かべている。

「アレイス様、これを」

ヒューゴ様の手からアレイス様に渡された品物を見て、私は目を見開いて叫んだ。

「私の小袋!!」

「ああ、やはり、そうでしたか。その男はこの男とグルになってスリを繰り返していたのでしょうね」

そう状況を分析するヒューゴ様の口ぶりは、淡々としている。

「この男たちは、警備隊に任せるとしましょう」

冷静な判断を下すヒューゴ様に、不服を漏《も》らしたのはアレイス様だった。

「えー、任せてしまうのかい?」

「ごろつきとはいえ、この国の人間です。我々が手を下すべきではないでしょう」

「確かに、スリなどという小賢しいことしかできない人間など、我々が相手にするまでもないが、天罰を与えたくなるな」

アレイス様によって押さえつけられていた男が、顔を真っ赤にして声を荒らげる。

「この野郎、黙って聞いてればいい気になりやがって!!」

男が反撃を試《こころ》みようと身をよじった瞬間、アレイス様の顔つきが変わった。手にグッと力を込め、男はさらにもがき苦しんだ。

「あれ、もしかして怒っているのかい?」

にっこりと微笑むアレイス様だけど、目が笑っていない。彼が体勢を変え、さらに手に力を込めると、男は苦悩の表情を浮かべた。

「でも、本当のことだろう？　それに見たところ、君たち二人は女性ばかりを狙っていたみたいだけど、自分たちを弱いと認めているから、なにかあれば自分たちでも黙らせられる相手を狙ったのかな？」

アレイス様がさっとヒューゴ様に目配せする。ヒューゴ様は深いため息をついた後、吐き捨てた。

「その通りですね。アーネット様の小袋の他に、女性物の小物入れがいくつも、男のポケットから出てきました」

ヒューゴ様はさらに続ける。

「さきほど警備隊に声をかけたので、すぐに到着するでしょう。後は任せましょう」

「……ああ」

渋々だけど、やっと納得したアレイス様に、男はまだ虚勢を張った。

「お、覚えていろよ‼　お前の顔は覚えたからな‼」

「黙れ」

驚いたことに、厳しい声を響かせたのはヒューゴ様だった。さきほどまでの淡々とした様子とは打って代わって、険しい顔つきだ。

「お前たちごときの相手になるお方ではない。ただ警備隊に突き出されることがどれだけありがたいことか、お前たちはわかっていないのだ」

固まる私たちを前に、ヒューゴ様は続けた。

「特にそこのお前。アレイス様に手を上げ、なおかつ悪態をついたこと、本来ならその命をもって償わねばならないほどの重罪だ」

そこでやっと事態を理解し、サーッと血の気が引いた。

これ、やばい状況じゃない？

なぜアレイス様がこの街の裏路地にいるのかは疑問だけど、バッドタイミングすぎない？

ナイール国はルネストン国となんとかして取引を結びたいところなのに、その国民が、ルネストン国の王子様に手を出したとなれば、取引どころじゃなくなる。下手したら、戦争が起きてもおかしくない。

この国の未来を想像し、動揺した。男たちはヒューゴ様の迫力に押されてか、やっと大人しくなっている。少し落ち着いてアレイス様とヒューゴ様の服装を見て、気づいたのかもしれない。『あ、これは上流階級の人間だ』って。同情はしないけれどね。

しばらくすると街の警備隊がやってきて、男たちを縛り上げた。すごすごと連行される姿を見送ったらホッとして、体から力が抜けていく。

情けないことに、その場でズルズルとへたり込んでしまった。

「大丈夫？」

アレイス様に顔をのぞかれ、力なくうなずいた。

「まずは移動しようか――」

その言葉と同時にグッと腕を取られ、立ち上がる。フラッと倒れそうになったところで膝裏に腕を入れられ、気がつけばアレイス様に抱えられていた。

端整な顔が目の前にきたものだから、私はパニックになってもがく。

「そう暴れないで。ここは危険だからまずは大通りに戻ろう」

暗い裏路地で爽《さわ》やかな微笑みを向けられて、真っ赤になってしまう。動揺を悟られたくなくて、うつむき小さくうなずいた。鼓動は速さを増すばかり。恥ずかしくて手をギュッと握り、目を閉じる。

落ち着け、落ち着け、平常心を取り戻すのよ。

自分に言い聞かせながらも、鼻腔《びこう》をくすぐる優しい香りと温かな体温を感じて、さらに動揺せずにはいられなかった。

アレイス様に抱きかかえられて街の大通りへ戻った私は、ベンチへそっと下ろされた。

「あ、ありがとうございました」

まずはお礼を口にすると、すぐに厳しい声が降ってくる。

「君はもう少し、考えて行動した方がいい。僕たちがいなかったら、どうなっていたと思う？　自分の力を過信してはいけない。それもスリと一緒に人気《ひとけ》のない場所に移動するなんて、危険極まりないだろう」

もっともな意見に反論すらできず、黙り込んでしまう。

「それに君の侍女も心配のあまり、ずっと泣いていた」

エミリーに視線を向けると、確かに目が赤かった。

「エミリーは悪くないわ。私が無茶な行動を取ったからよ」

「でも、もし君になにかあったら、一番先に責められるのは誰だと思う？」

胸を突かれるような問いかけに、なにも言えなかった。

自分の勝手な行動の被害は、周囲にも及ぶのだ。その時に、どんなにエミリーを庇《かば》ったとしても、庇《かば》いきれないことも、今ならわかる。

なんだか急に泣きたくなって、唇を噛《か》みしめた。その時、頭を優しく撫《な》でられた感触があり、顔を上げる。アレイス様がそっと指先で触れていたのだ。

「だが、今回のことでわかっただろう。自分の立場を理解して行動すべきだということを」

厳しいことを口にしながらも、表情は優しくて、ドキッとしてしまう。

「ええ、身に染みました。ありがとうございます」

「それに、君の両親だって今回の件を知ったら、どうなると思う？」

両親に知られるのだけは、避けたいところだ。

勝手に街へ行ったあげく、事件を起こしたと知られたら、さすがに怒られる。それに外出禁止をくらう可能性だってあるだろう。

し、知られたくない。

それが素直な感想だった。

「あの、アレイス様、今回の件のこと、心配させたくないので、両親へは――」

そうだ、口止めが必要だ。下手《したて》に出てお願いしよう。

「ああ、伝えるよ、もちろん」

「へ？」

予想外の言葉が返ってきたので、間抜けな声を出す。

「だって大事な愛娘が街で襲われそうになったのだから、両親としては知る権利があるだろう？」

正論を言われ、グッと言葉に詰まる。でも、そこをなんとかっ!!　縋《すが》るような上目遣いで見つめるが、アレイス様はにこやかに微笑むばかりだ。

ならば上手く言いくるめるしかない。

「父も結構な年齢ですので、もしかしたら驚いて倒れてしまうかもしれないです」

「そっか、これを機会に体を休めるのもいいかもしれないね」

くっ、この手はダメか。だが、ここで引いてなるものか。

「母も心配のあまり心労で倒れるかもしれません」

「そうなったら、ずっと側について看病するのも親孝行だろう」

この手もダメなのー!?

もう半分やけになって、正直に答えた。

「この件が知られたら、自由に出歩くことも難しくなりますし、せっかく変わろうと行動している矢先に、困るのです。今までのように、大人しく屋敷にこもる生活に戻るのだけは、嫌なんです!!」

そうまくしたてると、アレイス様はうなずいた。

「そう、わかった」

「え⁉　わかってくださいました？」

「嫌だな、正直に言ってくれたら、僕だって無理にご両親に報告しようだなんて思わないから」

「えっ、そ、そうですか？」

なんだー、アレイス様、ちょっと変わっているけど、案外話がわかるお方じゃないか。

彼は、ホッと胸を撫《な》で下ろしていた私に言った。

「じゃあ、次は君が僕の願いを叶える番だから」

「え、私がですか？」

「そうだね。じゃなければ、対等じゃないだろう？」

いや、そこは広い心で見逃してくださいよ。たとえるならルネストン国の広い領土のようにさ。何事にも寛大な気持ちを持ちましょうよ。

グイッと顔を近づけてきたアレイス様の瞳は、なぜか好奇心に満ちあふれ輝いている。

「一つ、君に貸しということで」

フッと笑うアレイス様の笑顔が怖くて、つい本音を言ってしまう。

「いえ、あの怖いのですけど……」

「どうして？　とても紳士的だと思うけど？」

本当に紳士的な男性は、自分からそんなことを口にしない。

なんだかアレイス様って結構、裏がある？　爽《さわ》やかな見た目に反して、腹黒系――？

考えにふけっている私に、アレイス様は呑気《のんき》に聞いてきた。

「これからどこへ行くの？」

「なぜ、そんなことをお聞きになるのですか？」

「え、ついていこうと思って」

あっさりと答えるアレイス様に戸惑いまくりだ。

「で、ですが、お忙しいのでは……」

「いや、特に。さっき言った通り、この国の特産品はなんだろうと調べていてね。なにせ我がルネストン国でも鉱山物は貴重だから、おいそれと取引でき――」

「はい、今から教会に行きます！　アレイス様もご一緒にいかがですか⁉」

慌てて遮《さえぎ》った。そうだ、思い出したわ。彼の機嫌を損ねてはまずいということを。

鉱山物が入ってくれれば、この国は今よりもぐっと豊かになるはずだ。これで、資源もナイ、特産品もナイ、ナイナイ尽くしのナイール国なんて近隣諸国はおろか、自国の子供にすらバカにされることはなくなるはず。

そのためにもある程度、この王子様のご機嫌をとらなくちゃいけないわよね。

すると、それまで背後に控えていたヒューゴ様が、ゴホンと咳払いをした。

「楽しい計画を立てるのは結構ですが、アレイス様。この後は、ナイール国王と会食の予定が入っていることをお忘れなく」

でかした、ナイール国王。これで私は面倒くさいことから逃れられるはず。

胸を撫《な》で下ろしていると、アレイス様の表情が曇《くも》る。

「まったく、面倒な……」

ため息をつき、あまり乗り気じゃなさそうだ。だが私は肩の荷が下りてホッとしている。アレイス様はしばらく私をじっと見つめていたが、微笑むと、首を傾げた。

「で、なぜ、君は嬉しそうなのかな？」

「えっ、そんなことないですわ」

まずい、表情に出ていたらしい。アレイス様はじっと私の顔をのぞき込む。私は視線を逸らしつつ、口を開く。

「いえ、私としても残念ですわ。でも国王との会食があるのなら仕方ありませんものね」

微笑みながら告げると、アレイス様は目を細め、ことさらにっこりと微笑んだ。

「まあ、仕方ないね。時間はまだあるから、またの機会にしようか」

またって、次回があるのかー。

この王子様は、なぜ、こんなに私に構うのだろう。ヒマなのかしら。そうに違いない。私はかろうじて笑みをキープし、後ずさった。

「では、教会まで送るとしよう」

「えっ、いいですよ」

そんなことをしていては、会食に遅れてしまうのではないかしら。

だがアレイス様は首を横に振る。

「いや、さきほどのような危険な奴がいるかもしれないから、送り届けるよ」

ジッと私の顔をのぞき込んでくるアレイス様の瞳は深いブルーで、とても綺麗だ。しかし、それと同時に、なにやら好奇心の気配を感じ取った。

決して自惚《うぬぼ》れるわけじゃないけど、もしかして、面倒な人に目をつけられたのかもしれない。

背筋がゾワッとした。悪寒だろうか。

ここは大人しく従い、今後はあまり興味を持たれないようにしようと、心に誓った。

それからさっきの店へ行き、売れた分のお金を受け取る。デザインに難ありでも、質はよかったらしく、結構なお金になった。ほくほく顔で馬車に乗る。

「さあ、行こうか」

「よ、よろしくお願いします」

なぜか満面の笑みを浮かべながら、馬車の中で迎えてくれたアレイス様。どうして同じ馬車に乗るのだろう。ご自分が乗ってきた馬車があるはずなのに。その馬車——赤いビロード張りの椅子と銀色に輝く窓枠、うちの馬車よりもずっと豪華な箱馬車には、ヒューゴ様とエミリーが乗っている。おかしいでしょ、この状況。

だが、ここは大人しく従うのみだ。

「街ではなにをしていたの？」

「はい、小道具の店に寄りました。その後、少しだけ時間があったので街を見て回っていたんです」

「それで、なにか面白い店はあった？」

「話題のスイーツのお店に行きたいと思いましたが、時間がなくて寄りませんでした」

「そんな店があったんだ。気づかなかったな」

アレイス様は、思い出したように笑った。

「しかし、貴族の令嬢が侍女一人だけを連れて街に行くなんて、危なっかしい。君って結構、行動力があるんだね」

決して嫌味ではない物言いだったので、別段頭にはこない。だが、恥ずかしくて頬がカーッと熱くなった。

「まあ、このぐらいのひっそりとした街なら、迷子にもなることもないだろうから、いいかもしれない」

ひっそりとした街とかさらっと言うけど、この国で一番栄えているんですからね、これでも!!

小国の街と、大国の街を比べられては困るわ。

「でも、小さかろうが街は街だ。いろんな人が集まるから、もっと気を引き締めないと危険だよ。それこそ、さっきのような奴らはどこにでもいる。もっとひどいと、攫《さら》われて人買いに連れていかれるから気をつけなくてはいけない」

恐ろしい話だが、この田舎街《いなかまち》はそこまで治安が悪くないと思いたい。だけど、その可能性がないとは言い切れないのだ。やっぱりアレイス様が助けに来てくれたのは、運がよかったのかもしれない。

改めて実感しつつ、彼の忠告を苦い思いで聞いていた。

「じゃあ、帰りはくれぐれも気をつけて」

「ええ、ありがとうございました」

丘の上の教会にたどり着き、馬車を降りるとアレイス様が声をかけてきた。彼らはそのまま城まで戻るらしく、馬車の窓越しに言葉を交わす。

「あの、街でのことも、ここまで送ってくださったことも、ありがとうございました」

多少、ん？　と思う行動はあったけれど、助けていただいたのは事実だ。素直に礼を言った私に、アレイス様は優しく微笑むと、手を振った。

「では、また」

そして馬車が走り出し、丘を下りて見えなくなったところで、私の隣で頭を下げていたエミリーが、がばっと身を起こし勢いよく詰め寄ってきた。

「ア、アーネット様、私、驚きましたわ。いつの間に隣国の王子様と仲良くなられたのですか!?」

興奮気味に質問してくるエミリーの顔が近く、鼻息まで感じる。圧倒されながらも、答えた。

「ええ、ちょっとね。お話しする機会があったものだからね」

「まあ、よほど気が合われたのでしょうね」

話をしたというより、一緒に隠れていただけだ。だが、大国の王子と机の下に隠れていたなど、不審極まりない。自分で言っていて引くわ。どう説明したものかもわからないから、曖昧《あいまい》にしておこう。

「そんなことはないわよ。ただお優しいのではないかしら」

「ですが、アーネット様！　もしかしたら、もしかしたらもあるかもですよ」

はしゃぎつつ含み笑いをするエミリーだけど、そんなんじゃないから‼

それに今は恋愛よりも、新しい生活を楽しみたいの。せっかく自由に生きると決めたのだから。

教会の前に立ったところで、足音がした。

振り返るとそこにいたのは、長い黒髪を後ろで一つにくくった長身の男性。

「タナトス神父」

神父は目を見開き、まじまじと私を見た。

「ごぶさたしております」

スカートの端を持ち、頭を下げ、挨拶《あいさつ》する。声を聞いて、やっと私だとわかったみたいだ。

「これはアーネット様。ようこそいらっしゃいました」

彼の声からは戸惑いが感じられる。無理もない。私がこうして好きな格好をするようになってからお会いするのは初めてだった。

「タナトス神父、そんなに見つめないでください」

冗談で返すとタナトス神父はハッと我に返る。額《ひたい》に手を当て、自分の行為を恥じているようだ。

「申し訳ありません。以前と雰囲気が違うので、驚いてしまいました」

「ふふっ。意図的に雰囲気を変えたのですわ」

そう言って、にっこりと微笑む。

この教会は孤児院も兼ねており、人々の寄付で成り立っている。運営しているのはタナトス神父と、初老のマーロン神父のお二人で、十人ぐらいの子供と共に暮らしているのだ。

「タナトス神父、どうぞお受け取りください」

さきほど雑貨を売ったお金の入った袋を、忘れないうちにとタナトス神父に差し出した。彼は目を細め、優しく微笑んだ。

「こんなにたくさんの寄付をいただいても、よろしいのでしょうか」

「ええ。遠慮なくお納めください」

本音を言えば、ライザックからの贈り物は痕跡《こんせき》もなくしたいので、心おきなく使ってほしい。

「あと、服も何着か持ってきましたの」

今まで着ていた服のうち、まだ使えそうな服は教会に寄付するつもりだった。エミリーがいそいそと荷物を馬車から教会の中へ運んだ。

私も手伝って馬車からすべての荷物を下ろし終えると、聖堂の中に一人で入り、並べられている椅子に座った。古いパイプオルガンと神の彫刻が置かれ、その周囲には花が飾られている。窓からは光が入り込む、古いけれど手入れが行き届いた空間だった。教会に住む子供たちが、一生懸命に掃除をしているのだ。

椅子に座り、神の像を眺めながら温かい日の光を浴びていると、うとうとしそうになる。ここにいると、心が落ち着く。

エミリーは外で子供の相手をしていた。面倒見のいいエミリーは、子供たちに大人気だ。古い扉がキーッと音を立て、誰かが入室してきた。タナトス神父だ。

「アーネット様、いかがなされたのですか？」

「ええ、少し疲れてしまって」

今まで深窓の令嬢などと噂《うわさ》されるくらい、屋敷に引きこもる生活を送っていたんだもの。そりゃ、体力ないわな。それが半日のうちに街へ行くわ、変な男に絡まれるわ、アレイス様に振り回されるわと続けば、疲れるのも当然だ。自分の体力を過信していたわ。

タナトス神父は側に立ち、私を見下ろしている。

「アーネット様、なにか心境の変化でもあられたのですか？」

問われて顔を向けると、タナトス神父は視線を逸らした。

「いえ、単なる興味です。忘れてください」

正直なタナトス神父に思わず笑みがこぼれる。

「そうですね、心境の変化はありました」

「うかがってもよろしいのですか？」

私はゆっくりとうなずいた。

「神に与えられた寿命は決まっていると気づいたのです。ならばせめて後悔しないように、人生を自分らしく生きたいと感じまして。誰かに決められた道ではなく、自分の意思で歩きたいと思ったのですわ」

「そうですか」

「だから私は、今までやりたかったお化粧をして、好きなドレスを着ることに決めたのです」

タナトス神父はなにか考え込むように、押し黙った。そしてためらった様子を見せつつも口を開く。

「今のアーネット様はお美しいですよ」

続けて、タナトス神父は焦ったみたいに首を横に振る。

「いえ、以前からお美しい方でしたが、今はなんと表現したらいいか、その……生命力に満ちあふれています」

「私がですが？」

「以前は儚《はかな》げな美しさで、今はとても力強い美しさです」

だが、すぐにタナトス神父はハッと表情を変えた。

「すみません、女性に向かって力強いなど、使用すべき言葉ではありませんでした」

慌てる様子を見て、頬が緩んでしまう。

「いえ、今の私にはとても嬉しい言葉です」

儚《はかな》い印象だとか、守ってあげたくなるだとか、そんな言葉を望んではいない。

強い女性になり、自分の意思で人生を歩みたいと思っている私には、嬉しかった。

微笑んでいると、ふとタナトス神父が真面目な顔つきになる。

彼は静かな声で、呟くように言葉を紡《つむ》いだ。

「私も――現状に満足することなく、行動を起こすべきなのでしょうか」

その言葉を聞き、ハッと顔が強張った。

唐突に蘇《よみがえ》ってきた記憶。

このシーンは、どこかで見た覚えがある。

そう、確か……

若く美麗な神父――タナトス。彼は、ある貴族の隠し子だった。

だが本妻の陰謀と跡目争いのため、古びた教会に身を隠している。

ゲームでは、ここで彼にかける言葉によって、運命が分岐したはず。

「いいえ、自分の置かれた状況で精一杯生きることは、決して悪いことではないはずです」

考えるより先に、言葉を吐き出していた。

タナトス神父は強い口調で語る私に、耳を傾ける。

そう、彼はアーネットの言葉で、自分の人生を考え直す。

その結果の一つは、本家に戻り、本妻とその息子を家から追い出し、実権を握る未来。

そしてもう一つは、この教会で優しい神父として子供たちの面倒を見て一生を過ごす未来。

手をギュッと握りしめると、彼の目を真っ直ぐに見つめた。

「今が充実しているのなら、無理に動く必要はないのではありませんか」

この返答なら、教会で過ごすルートをたどるはず。

とても自分勝手な意見だけど、この教会にいる子供たちにとってタナトス神父は兄のような存在だ。彼には、本家へ戻るよりも、子供たちに寄り添ってほしい。

タナトス神父は無言で私の目を見つめ返し、いきなり跪《ひざまず》いた。

「ど、どうなされたのですか？」

彼は、あたふたとする私の右手を握り、スッと顔を上げる。

「あなたに相談してよかった。心が軽くなったと同時に、意思が固まりました」

言っている間にもまた手をギュッと握ってくるものだから、驚いて目を瞬《しばた》かせた。大したことを言ったつもりはなかったが、どうやらタナトス神父の心の琴線《きんせん》に触れたらしい。

「そ、それはよかったです」

握られた手から体温を感じて、正直、居心地が悪い。それにタナトス神父の視線がやけに熱を帯びているように感じるのは、気のせいか。気のせいであってほしい。

手を引っ張って抜こうとするが、なかなか抜けない。それどころか、再度ギュッと握った後、ようやくタナトス神父はゆっくり立ち上がった。

「外に出ませんか？　子供たちが庭のラズベリーを収穫しているはずです」

「あ、はい」

タナトス神父がなにを考えていたのかはわからないが、今はいつもの様子に戻っている。だが、私の頭には疑問符が浮かんだままだった。こんな大胆な行動する人だったっけ？

とりあえずは、教会にずっといることにしてくれたのかしら？

「では行ってみましょうか。エミリーもそこにいるかしら」

「でしょうね。きっと収穫を手伝っていると思いますよ。子供たちはジャムを作ると言って張り切っていましたから」

そうしてタナトス神父と連れ立って、外へ向かった。

子供たちとラズベリーを収穫してから、教会を後にする。

屋敷に戻るとすぐ、父が駆け寄ってきた。

「アーネット!!」

今までにないぐらいに緊迫した表情でエントランスフロアまで迎えに来るものだから、驚いた。

もしや、街での件がばれてしまった!?

焦って言い訳を考えていると、いきなり両肩をガシッと掴まれた。

「やってくれたようだな」

「は、はい」

こんな表情の父は初めて見る。

顔を強張らせながら、どう取り繕《つくろ》ったものかと頭をフル回転させる。

しかし、アレイス様、黙っているとか言っておいて、既に父の耳に入っているのは、どういうこと？　約束したんじゃなかったのか!!

アレイス様を憎たらしく思うけれど、まずは父に上手く言い訳をしよう。アレイス様に恨みを込めて嫌みの一つも言うのは、次に会った時だ。

「あの、お父様、実はですね……」

意を決して口を開くと――

「でかしたぞ！」

「はい？」

父は満面の笑みを浮かべ、私の両肩を揺さぶった。がくがくと首が上下する。

「アレイス様が、ぜひお前に、この国のよさを教えてほしいとのことだ」

「はっ!?」

「さきほど城から使者が来て、アレイス様が直々《じきじき》にアーネットを案内役に指名されたと伝えられたのだ。取引をするにあたって、まずこの国の特産品などを知りたいし、この国のことも、もっと知りたいと。そのために国内を案内してほしいのだとか」

「えっ、ええ!? わ、私がっ!?」

突然の話に、思わず素のままで叫んでしまった。だが歓喜に我を忘れている父は、気にも留めずに言う。

「ああ、国の命運がかかっているのだ、しかと務めるのだぞ。そしてしっかりとアピールするのだ、この国のよさを!! そして自分自身も!!」

そんな大役、指名されたくなーい!

「お父様、最初に言っておきますが、アレイス様とはそんな関係にはなりませんから」

そもそも父はなにを考えているのだ。

それこそ、娘の気持ちは無視かっ! ライザックの時といい、権力者なら誰でもいいのかー。

「なに、アレイス様はまだ独身だし、お前にもチャンスは十分あるではないか」

「いや、結構ですから」

「最初からあきらめるな」

「あきらめるもなにも、狙ってませんから」

冷たく言い放つが、父の耳には届かない。

「ライザック様とはなかなか進展がないようだし、縁がなかったということだ」

ほとほと父の現金さに呆れるわ。ライザックとくっつくことを望んでいたと思ったら、次はアレイス様。本当、我が親ながら頭痛がしてくる。

いつものアーネットなら、大人しく引き下がっていただろう。

だが、私は変わると決めた。

「お父様!!」

腰に手を当て、強い語気で口を開くと、浮かれていた父が目をパチクリとさせる。その隙にまくしたてた。

「アレイス様は、たまたま面識のあった私を指名しただけです。私は国のために、この国のよさを紹介しますが、それだけです」

はっきりと告げると父が眉根を下げ、もごもごと口ごもる。それは華麗に無視して続けた。

「ですので、お父様。役目だと思って頑張りますけど、それ以上のことはありませんから。期待しないでくださいませ」

にっこりと微笑みながら釘をさすと、父はたじろぎ肩を落としたのだった。

翌日、父と共に城に行くことになった。

アレイス様の件で、王から直々《じきじき》に話があるのだとか。きっと、プレッシャーをかけられるのだろう。そう思うと気が重い。

出発前に、髪を巻き、最近お気に入りのドレスに着替える。

あれから自分好みのドレスを何着か仕立ててもらったので、最近は着替えがとても楽しい。

特に気に入っているのが、今日も身に着けた、目の覚めるようなターコイズブルーのドレス。幾重《いくえ》にも重なった白いレースがアクセントになっていて、高貴なイメージを醸《かも》し出す。胸元を飾る白い薔薇《ばら》のコサージュも目を惹くデザインだ。

「よし、武装完了」

こうやってお気に入りの服装に身を包むと、強くなった気がする。そうよ、私は今までのアーネットじゃないの。髪を巻いて、耳元と胸元を飾るのは、大きくて目立つ光輝くアクセサリーだ。そして唇がつやつやになる赤いルージュを塗ると、気持ちがいっそう引き締まる。

「さあ、行ってくるわね」

そうして準備を手伝ってくれたエミリーに挨拶《あいさつ》をして、部屋を出た。

城門を抜け、立派な城へ到着する。城内は数種の大理石をふんだんに用《もち》いた、彩り鮮《あざ》やかな内装が今日も美しい。

「アーネット」

王のもとへ案内される途中、中庭に続く回廊を通っている時、ふいに呼ばれたので振り返る。

そこにいたのはライザックだった。

彼は肩を震わせながら、近づいてくる。

「ど、どうしたんだい、その服装は……!!」

ああ、そういえば、ライザックに会うのは食事会の時以来だ。わざと避けていたためでもあるが。この姿は初めて見るはず。

そこで私は、わざとらしくスカートの端を持ち、その場でクルリと回った。

「どうですか。私のお気に入りのドレスですわ」

堂々と胸を張る。ライザックは唾を呑み込んだ後、意を決したように告げてきた。

「趣味が悪いよ、アーネット」

あんたにだけは言われたくないわ。

イラッときたけど、心を落ち着かせるために心の中で五秒数え、息を深く吸い込んだ。

そもそも見た目が変わったぐらいでグダグダ言われるのは、ごめんだ。

「国王に呼ばれているので、失礼しますわ」

なにか言いたげなライザックに挨拶《あいさつ》だけすると、クルッと踵《きびす》を返した。


「よくぞ来てくれた、アーネット嬢」

王から直々《じきじき》に呼びかけられ、頭を下げる。

「いきなり本題に入るが、我が国が国賓を迎えているのは周知の通りだ。我が国の未来を握っている大事な客人である。その客人、アレイス様よりこの国のことを教えてほしいという要望があった。そして、年齢の近いアーネット嬢を指名されたのだ。ぜひ頼む」

「そのような大役をお申し付けいただき、ありがとうございます」

なんて答えてみたけれど、どうせ断る権利、私にはないでしょ。

「くれぐれも、よろしく頼んだぞ。我が国の命運はそなたの手にかかっておるのだからな」

予想通り、とんだプレッシャーをかけてくれるわ。

「アレイス王子は今、客室で休まれている。挨拶《あいさつ》をしてくれ」

「はい、わかりました」

返事をし、頭を上げると、王の側に控えていたヒューゴ様が近づいてきた。

「では、アレイス様のもとへ案内いたします」

「はい」

私は皆の期待を一身に背負い、ヒューゴ様に続いて廊下へ出た。

廊下を歩いてしばらくすると、ヒューゴ様が足を止め、振り返る。

「いきなりのことで驚かれたでしょう」

「ええ、正直驚きましたね」

苦笑いを浮かべて返答すると、ヒューゴ様は額《ひたい》を押さえ、ため息をついた。

「まったく、アレイス様は時折、こういった無茶を言い出すのです。荷が重いと感じられていることでしょうが、決して悪いようにはならないと思います。固くならずに、友人として接してもらえませんか」

大国の王子へ友人みたいに接するとは、なかなか難しいところだが、わりと気安い感じでも許されるってことなのかしら。

「でも、なぜ私なのでしょうか」

いい機会なので、疑問をぶつけてみた。このお役目は、私じゃなくてもいいはずだ。

「アーネット様に興味を持たれたからだと思います」

「私に？」

「ええ、恐らく……いえ、確実にそうでしょう」

真顔で言い切ったヒューゴ様の目を見つめ、ポカンと口を開いた。だが、しばらくして、我に返る。

アレイス様は初対面の時から、机の下に侵入してきたりと、ちょっと変わったお方だった。自分のどこに興味を持ったのか、理解不可能だ。

「アレイス様は幼い頃から、見え透いたおべっかを使う人々に囲まれていましたので、なかなか人を信用なさいません。うわべだけの言葉など、すぐに見抜かれます。だからこそ考えていることが顔に出やすく、本音で接してくれるアーネット様を気に入られたのだと思います。昔からそうなのです、アレイス様は」

確かに私はすぐに感情が顔に出ちゃうタイプだ。

ヒューゴ様の口ぶりからして、二人の付き合いは相当長いのだろう。

「気に入ると、とことん執着《しゅうちゃく》する方なのです。ものでも人でも動物でも」

「そ、そうなのですか」

「昔、アレイス様がお忍びで街へ行った時、怪我をして道端でうずくまる、ガリガリに痩《や》せた猫を見つけたのです」

そこでヒューゴ様は一瞬言いよどみ、視線を逸らした。

その仕草のせいで続きがよけい気になって、恐る恐る尋ねる。

「猫はどうなったのですか？」

「はい、アレイス様は服が汚れてしまうのも気に留めず、すぐさま拾い上げました。そして城へ連れ帰り、怪我をした猫の看病をみずからなさいました」

「まあ」

そんな動物好きな一面があったとは、なんて優しい人なのかと感心した。猫もさぞや嬉しかっただろう。

感動に胸を震わせていると、ヒューゴ様は続けた。

「まあ、その猫はアレイス様のもとからいなくなったのですがね」

「えっ!?」

物騒な物言いに、急に不安になる。私の顔色を見たヒューゴ様は急いで言い直した。

「いえ、違うのです。家出したのです。猫が」

「あっ、そうなのですね」

そう聞いて、胸を撫《な》で下ろす。

だってさっきのヒューゴ様の言い方では、まるで猫がどうにかなったのかと思ってしまうじゃない。びっくりするわよ。

「可愛がっていた猫が家出して、アレイス様は気落ちなさったでしょうね」

同情して言うと、ヒューゴ様が首を縦に振った。

「アレイス様はみずから猫の捜索に乗り出し、兵を出しました」

「そっ、それは……」

ちょっとやりすぎじゃない？　だが、そんなことは言えずに、苦笑いを浮かべた。

だけど家出したなんて、どうして？

人に飼われる猫はたいてい、安泰な生活を送るだろう。それも一国の王子のペットなら、申し分ない生活を送れるのに、なぜだろう。

やっぱり、ずっと野良猫として気ままに過ごしていたから、城での生活を窮屈《きゅうくつ》に感じたのかしら？

恐る恐る理由を尋ねると、ヒューゴ様は重い口を開く。

「それもアレイス様の深い愛情が原因なのです」

「猫へのですか？」

「猫へのです」

ヒューゴ様は深刻な表情で、断言した。

「みずから看病したまではよかったのですが、怪我が治った後も、過保護にしすぎたのです。猫が少し走れば、また怪我をするかもしれないと抱き上げ、爪とぎをしたら爪が折れるのではないかと止める。そして心配だからと、常に目のつくところに置きたがった。今思えば、単に猫が好きすぎたのだと思うのですが、自由を好むといわれる猫には相当なストレスだったでしょう」

「そ、それは、子供の頃のお話ですよね？」

子供だったのなら理解できる。私も幼い頃、初めて飼ったペットのハムスターが可愛くてしょうがなかった。それで夜行性のハムスターに合わせて深夜に目覚ましをセットして起き、動き回る姿を眺めていた時期もある。

ガラガラと音を鳴らしながら必死に回し車で遊んでいる姿を、深夜にジーッと見ていた。今考えると、あまりにもシュールな光景だ。

過去を思い出していると、ヒューゴ様がふっと笑う。

「そうですね、もう十年ほど前の話になります。ですが時折、あのお方の本質的な部分は変わっていないと感じることがあるのです。とはいえ、今はもっと上手く立ち回るでしょう。気に入ったお相手に、重すぎる愛情表現をすることがありますが、普段はお優しい方なので、どうぞご安心ください」

そう言ってにっこり微笑んだヒューゴ様だけど、安心できないから、それ。

そもそも、そんな話を聞かせないでほしかった。最後のフォローも、なんのフォローにもなっちゃいないから。

眉間に深く皺《しわ》を刻み考え込んでいると、彼は先を促《うなが》した。

「さあ、行きましょうか。我が君が待ちくたびれていると思いますので」

再び歩き始めたヒューゴ様の後ろを、重い足取りで追いかける。

たどり着いた部屋の扉の前で、ヒューゴ様は足を止めた。

重厚な扉をノックし、返事が聞こえた後、扉に手をかける。彼が重そうな扉を引き、先に入室するように合図を送ってきたので、意を決して一歩踏み出した。

「失礼します」

入り口に立ち、頭を下げ挨拶《あいさつ》を口にする。

「やあ、待っていたよ、アーネット」

部屋の奥から近づいてくる足音が聞こえたので、顔を上げた。こちらに向かってくるのは、満面の笑みを浮かべるアレイス様だった。にこにことご機嫌だ。

彼が近づくと、爽《さわ》やかなムスクと甘いフローラルが混ざった優しい香りが漂《ただよ》った。

「そんなところに突っ立っていないで、中に入って」

手招きされ、部屋の中央に移動する。ソファに腰かけるようにすすめられたので、遠慮がちに座った。

てっきりヒューゴ様も入室するかと思いきや、彼はそのまま出ていった。アレイス様と二人きりになり、困惑する。

「それで、教会はどうだった？」

話しながら、アレイス様もソファへ腰かけた。それもなぜか、私の隣に。

「えっ、あのですね……」

なぜ、わざわざ隣に腰かけるかな？　普通、前に座るでしょう。肩が触れそうなことに気づき、腰を浮かせつつ、距離を取ろうとした。

だが、相手は距離をじりじりと詰めてくる。

そして顔をのぞき込んでくるものだから、視線をどこへやっていいのかわからず、緊張して汗をかいてきた。

「いっぱい教えてほしいんだ。アーネットが暮らしているこの国のことを」

急に手を取られ、目の前でギュッと握られる。

そして目を見つめられて、頬が引きつった。

毎回思うのだけど、この王子様は他人との距離が近くない？　アレイス様の国では、これが普通なの？

「そこまでです、アレイス様」

混乱していた時、頭上から声が聞こえた。

パッと上を見ると同時に、ヒューゴ様がアレイス様の頭をワシッと掴み、私からグッと離す。

距離が開いてホッとしたけれど、ヒューゴ様ったら、一国の王子の頭をわしづかみにするなんて、いいのかな。

「ああ、ヒューゴ。いたのか」

だがアレイス様は、特に気にした様子ではない。

「近づきすぎですよ。距離を取ってください」

毅然《きぜん》とした態度のヒューゴ様に、アレイス様は渋々ながら、目の前のソファへ移動した。

「紅茶を淹《い》れますね」

さきほど、ヒューゴ様が入室しなかったのは、紅茶の準備のためだったのだろう。紅茶のセットの置かれたカートが見えた。

ヒューゴ様に淹《い》れてもらうのは申し訳ない気がしたので、とっさに立ち上がる。大国の王子の側近に紅茶を淹《い》れてもらうなど、恐れ多い。父が知ったら卒倒しそうだ。

「あの、よろしければ私が準備します」

だが、ヒューゴ様は笑顔で返した。

「ありがとうございます。ですが、結構ですよ。アーネット様はアレイス様のお話し相手をお願いします」

「でも……」

「いいよ、ヒューゴの淹《い》れる紅茶は美味《おい》しいんだ。座ってなよ」

アレイス様からも諭《さと》され、戸惑いつつもソファに腰かける。

ヒューゴ様が紅茶を淹《い》れ始め、周囲には茶葉の香りが漂《ただよ》い始めた。

「さて、本題に入るけど、我が国とぜひ取引をしたいとナイール国王から申し出があってね。我が国としては、取引ではなく援助という形でもいいと考えている。だが、この国だけを特別扱いはできない。近隣諸国に知られれば、揉《も》めることは避けられないからね」

確かに、我が国だけ贔屓《ひいき》するわけにはいかないだろう。

ただでさえ小さな田舎《いなか》の国。よその国からにらまれることは、避けたい。

「そこで、アーネット。鉱山物と引き換えにできるようなものがあるかを、教えてくれないか？」

「私がですか？」

「ああ、君の目から見て、この国の素晴らしいところを教えてほしい」

自国民すら資源もナイ、特産品もナイ、ナイナイ尽くしのナイール国と、普段から自嘲気味に言っているのに、これは困った。

「えっと……」

急には思いつかず、言葉に詰まる。

「そんなに急いで答える必要はない。ただ僕と一緒に、出かけてほしい」

アレイス様はそうおっしゃるけれど、今まで引きこもりの令嬢だった私にはハードルが高い。やはりここは、この国に詳しい人物と交代した方がよさそうだ。

「アレイス様」

顔を上げてアレイス様を見つめる。

「本当のことを申し上げますと、私は、上手く案内できる自信がございません」

「知ってるよ」

「えっ」

「今まで、あまり外を出歩いたこと、ないだろう？」

「えっ、ええ。まあ」

「普通はそうだろうね。貴族の女性が自由に出歩くことにはリスクが伴《ともな》うしさ」

でも、だったらなぜ、アレイス様は私を名指ししたのだろう。考えていることがまるでわからない。

「だからさ、僕と一緒に見て回ればいい。それなら、堂々と街にだって行けるだろう」

なんと!!

どんな無茶ぶりだと思ったが、私があまりにも外出に慣れていなかったので、同情したのかもしれない。

やっぱり、アレイス様はいい人なのかしら。

「では、精一杯、務めさせていただきます」

「じゃあ、決まりだね」

アレイス様がフッと優しく微笑んだところで、ヒューゴ様が紅茶を運んできた。

「どうぞ、お飲みください」

「ありがとうございます」

花柄の陶器のカップから、湯気《ゆげ》が立っている。カップを手にして喉を潤《うるお》すと、フワッと茶葉の香りがした。

「とても美味《おい》しいです」

正直な感想を告げると、アレイス様は微笑んだ。

「よかった。この紅茶は僕のお気に入りでね。アーネットに喜んでもらえたなら、わざわざ国から持参したかいがあったよ」

「ありがとうございます」

改めて礼を口にする私を、アレイス様はじっと見つめ続ける。

なんだろう、この違和感。

なぜアレイス様はずっと私を見ているのだろう。なんだか居心地が悪い。だが、見ないでほしいとも言えない。

紅茶の味もわからなくなるほど緊張してきたので、空気を変えるべく会話の糸口を探した。

「それでは、どこへ出かけましょうか？」

質問すると、アレイス様は少し考えた後、口を開く。

「そうだね、まずはこの前行きそびれた教会へ行ってみたいかな」

「教会ですか？」

教会には、取引に関係しそうなものはこれといってないはず。

なのに、どう案内するべきなのか。

「まあ、教会じゃなくっても、どこでもいいよ。アーネットの行きたいところであれば」

「そうですか……」

爽《さわ》やかな笑みを浮かべるアレイス様だけど、本当にどうしたんだろう。なぜこうも、私との距離を詰めるような発言をするのだろうか、謎だ。だが、とりあえず提案する。


「では早速、日程を決めましょう」

「いや、今から出かけようか」

「今からですか？」

今日は挨拶《あいさつ》だけだと思っていたので、驚いて聞き返した。

「そう、今から。都合悪い？」

「いえ、大丈夫です」

アレイス様の要望を断ることはできない。なによりも優先しなければいけないはずだ。

なにせ、この国の未来がかかっているからね。

「じゃあ、決まりだね。紅茶を飲んだら出発しよう」

「はい」

私が紅茶を飲むのを笑顔で見ているアレイス様だけど、なにを考えているのか読めない。どうしたものかと悩んでいると、ヒューゴ様がアレイス様に声をかけた。

「アレイス様もご準備ください」

「そうだね、着替えるとするか」

アレイス様は促《うなが》されるがままソファから立ち上がり、そっと手を伸ばして私の頭に触れながら言った。

「じゃあ、僕は着替えてくるから、ゆっくり紅茶でも飲んでいて」

そっと頭をひと撫《な》でして、隣室へ向かうアレイス様の背中を見つめる。

え、今、頭を撫《な》でる必要があった？

なんだろう、ゴミでもついていたかしら？

不安になって頭に手をやると、頭上から盛大なため息が聞こえた。

フッと視線を向けたところ、ヒューゴ様が沈痛な面持ちになっている。

「また、アレイス様の悪い癖が……」

「はい？」

たぶん、無意識に発した言葉だったのだろう。

私が聞き返した途端、ハッとしたヒューゴ様は、メガネの真ん中を指でクイッと押した。

「アーネット様、一つだけ忠告しておきます」

「な、なんでしょうか」

真剣な声に、思わず身構える。

「もし今後、アレイス様に振り回されそうになったり、困らされたりしましたら、ご自分でお断りください」

「はい？」

「根は優しい方なので、きちんと言葉にすれば聞いてくれると思います。だが、放っておきますと、エスカレートする可能性がありますから」

「ですが……」

大国の王子様を拒否していいものか、悩むわ。

「甘いです。悩む様子を見せたが最後、ぐいぐいとこられますので、本当にダメな時には毅然《きぜん》とした態度を取ってください」

はっきりと言い切ったヒューゴ様の真剣さにのまれ、喉をごくりと鳴らした。

「自分の身を守れるのは、ご自身だけですよ」

「はい」

念を押されて思わず返事しちゃったけど、私、どうなるの――？

そんなに危険人物なの、アレイス様って!?

側近であるヒューゴ様が、わざわざ忠告してくるほどヤバイ人物なのかしら？

汗をかいていた時、足音が聞こえた。

「ヒューゴ、あまりアーネットを不安にさせるんじゃないよ」

苦笑いを浮かべながら、上着を手にしたアレイス様が姿を現した。

まさか、今の会話を聞いていらしたの？

「変なことはしないから、そんなに警戒しないでほしい」

じっと見つめられて言われたら、うなずくしかない。

「じゃあ、出かけるとしようか」

私はアレイス様に促《うなが》されて、ソファから立ち上がった。


私たちは城の入り口に用意されていた立派な馬車で出かけることになった。

出発直前、なんと国王が直々《じきじき》にお見送りに来たものだから、驚いた。

「では、行ってくる」

アレイス様が周囲に声をかけると、見送りにきていた皆が頭を下げる。最初にアレイス様が馬車に乗り込む。それを待っていた私は、国王に念押しされた。

「アーネット嬢、くれぐれもよろしく頼むぞ‼」

半端《はんぱ》ないプレッシャーを浴び、頬を引きつらせながら曖昧《あいまい》に返答した。

そうして馬車に乗り込もうとした時、視線を感じて顔を上げる。すると、少し離れた場所にライザックがいることに気づいた。

隠れているつもりだろうが、そのスカーフ、めちゃくちゃ目立っているから。

光沢のある生地に赤と青のストライプ模様のスカーフは、嫌でも目につく。眉間に皺《しわ》を寄せ、険しい顔をしているライザックと目が合った瞬間、アレイス様が声をかけてきた。

「お手をどうぞ、お嬢様」

みずからエスコートしてくれるとは、なんて紳士的なのだろう。あ、でも、私よりずっと立場が上の方なのに、お言葉に甘えていいのかしら。図々《ずうずう》しいかしら。

迷いながらも手を出すと、その手を握られたと同時に、腰をグイッと引き寄せられた。

密着する体と彼の体温を感じて、頬が一気に熱くなる。

「足元の段差に気をつけて」

アレイス様は普段と変わらない声色なので、動揺しているのは自分だけらしい。

周囲の反応が気になって、おずおずと顔を上げれば、ライザックが憎々《にくにく》しげにアレイス様をにらんでいるのが視界に入る。視線に気づいたのか、アレイス様はライザックを見て鼻で笑った。まるで挑発するかのような態度に驚く。

直後、ライザックが目をサッと逸らしたので、アレイス様は何事もなかったように口を開く。

「さあ乗って、アーネット」

促《うなが》されたので、いそいそと馬車に乗り込んだ。

「では、行ってまいります」

馬車の小窓から顔を出し、皆に挨拶《あいさつ》すると、馬車の車輪がゆっくりと動き出した。

向かい合って座る私とアレイス様。ヒューゴ様は後方の馬車に乗っているので、この狭い空間に二人きりである。

聞くなら今がチャンスだ。思い切って聞いてみたい。

「あの――」

どうして私を指名したのですか？

だが、そう口にする前に、アレイス様が笑い出した。面白くてたまらないといった様子だ。

「見た？　今日も斬新な柄のスカーフだったね」

名前を出さなくても、誰のことを言っているのか、すぐにわかる。

「ええ、まあ」

つられて頬が緩んだ。

「僕がアーネットの手を掴んだ時の表情、敵意丸出しだったな」

やはりアレイス様は気づいていた。

ライザック、なにをやってくれとんじゃーー‼

仮にも国賓にケンカを売るんじゃないわよ。

「君のことをあきらめきれないんだろうね」

「私にはその気はまったくありませんので」

間髪《かんはつ》容《い》れずに返答すると、よけいにツボにはまったようだ。ひとしきり笑った後、アレイス様は急に真面目な顔になる。足を組み、両手を組んで顎《あご》を乗せ、窓の外を見つめた。

「でも、面白くないな」

呟いた後、真っ直ぐに私を見る。

「一つ、気になっているのだけど」

「なんでしょうか？」

アレイス様は首を傾げながら口を開く。

「最初に出会った時と、雰囲気がガラッと変わったよね。髪型も服装も」

きたな、この質問。この人も、『前の清楚な感じの方がよかった』とか言うのだろうか。

だが、知ったこっちゃないわ。

私は正直に返答した。

「私、今までは周囲の意見に流されてばかりでした」

「と、言うと？」

「『このドレスが似合うから』『あなたに相応《ふさわ》しいのはこっち』という周囲の声に従っていたんです。でも、ある時、気づいたのです」

そこで言葉を切り、はっきりと告げる。

「これからの人生、自分の好きに生きようと。やりたかった髪型をして、着たいドレスを着て、嫌なものは嫌だと拒否することが大事だと、やっと気づいたのです」

相づちを打ちつつ聞いていたアレイス様は、腕を組んでうなずいた。

「なるほどね。いいと思うよ」

「えっ？」

「いいじゃない。どちらも君であることに変わりはないんだし、好きなことをしている方がいきいきして、人生楽しいだろう」

驚いて、ぽかんと口を開けた。

これまで周囲にいた男性たちの反応とは、まったく違ったからだ。

けれど、アレイス様の言葉を反芻《はんすう》するうちに、自分の行動に胸を張っていいのだと自信が湧いてきた。

「それに、最初に出会った時の君も素敵だったけど、今の君も十分に魅力的だから、自信を持って」

「アレイス様……」

面と向かって褒《ほ》められて、自然と頬が熱くなる。心臓がドキドキし始めた時、アレイス様が斜め下を向き、ボソッと呟いた。

「だが、それでもちょっかいを出してくる男は気に入らない」

「え？」

聞き間違い？　低い、怒りを含んだ声だと思ったのは、勘違いだったかしら？

だが、アレイス様はすぐに笑顔になり、話しかけてくる。

「僕からもお願いがあるんだけど」

「はい、なんでしょうか」

笑顔で向き合う私に、アレイス様の爆弾発言が炸裂《さくれつ》した。

「とりあえず、敬語はやめない？」

「それは無理です」

考えるより先に即答していた。

大国の王子に敬語なしは、ハードルが高い。人に聞かれたら不敬罪ものだわ。

「なぜ無理なの？　理由は？」

だがしかし、異様に食い下がってくる。

「アレイス様は大国の王子様であらせられるので、失礼な態度を取るわけにはいきません」

さきほど、ヒューゴ様から受けたアドバイスを思い出した。

ダメなことはダメだとはっきり言わないと、グイグイくるということを。

ヒューゴ様は、この流れを察していたのかしら？

うん、突拍子もないことを言い出す方だと、改めて胸に刻んでおこう。

ここは譲れないという私の態度に、アレイス様はなにかを考え始めた。

そのまま納得してくれるかと思っていたのだが、アレイス様はいきなり両手を叩き、目をキラキラさせ提案する。

「人の目が気になると言うのなら、周囲に誰もいなければ問題ないだろう？」

そういう問題ではない。

私がもう一度拒否しようとする前に、アレイス様は続けた。

「正直な話、僕には友人と呼べる人物が少ない。しかも、僕に意見してくれるような人物はヒューゴぐらいだ。権力のおこぼれにあずかろうとする奴や、取り入ろうとする奴は多くいてもね。自国では、気を許せる人物など、そういない。その点、君は僕へ率直に意見してくれる。だから、どうかな？　この国にいる間だけでも、友人として接してくれないか？」

キラキラと輝く瞳で懇願《こんがん》されると、断ることが難しい。

彼は私の返答を待つ間も、じっとこちらを見つめ続けている。

「では、言葉遣いを改めるのは難しいですが、友人として接するくらいなら――」

そう返事をすると、アレイス様はホッとしたみたいに笑顔になった。

「ああ、よかった。断られるかと、びくびくしたよ」

無邪気な笑みを浮かべる彼に、つい頬が緩む。

「最初は友人でも、そこから関係が変わるように努力するよ」

えっ、今なんとおっしゃいました？

アレイス様の言っている意味がわからず、思わず首を傾げた。彼は嬉しそうに、私の真似をして首を傾げる。金の髪がサラリと肩を滑り落ちるのを不思議な気持ちで眺めた。

そうこうするうちに、馬車が街を通り抜け、丘の上の教会にたどり着いた。

私たちが訪ねることは事前に連絡がいっていたらしく、教会の入り口の前に人が立っているのが見えた。アレイス様の出迎えのためだろう。

馬車を降りると、この教会の代表であるマーロン神父が歩み寄ってきた。

「このような場所にわざわざ足をお運びくださるとは、恐れ多いことです」

マーロン神父が頭を下げると、アレイス様は肩をすくめて笑った。

「あまり堅苦しくしないでほしい」

それでも恐縮しまくっているマーロン神父だが、無理もない。相手は大国の王子だもの。

その時、ふと気づいた。

「マーロン神父、タナトス神父はいらっしゃらないのですか？」

教会を訪ねる際には、いつも真っ先に出迎えてくれていたから、姿が見えないことが気になる。

マーロン神父はややうつむき、すぐに顔を上げた。

「タナトスは用事で出ております」

珍しいことだ。しかし、特に疑問は持たずに納得した。

「では、中をご案内いたします」

そう申し出たマーロン神父を遮《さえぎ》ったのは、アレイス様だ。

「いや、案内は必要ない。アーネットが詳しいと思うから、彼女にしてもらおう」

アレイス様は私を見るが、マーロン神父はあきらかに戸惑っている。

「自然な姿が見たいんだ。僕のことは構わずに過ごしてほしい」

笑顔でサラリと告げるけれど、そりゃ無理ってもんでしょうよ。思わず心の中でツッコんだ。

それから、よけいなお世話かもと思いつつ口を挟む。

「マーロン神父、アレイス様は普段の様子をご覧になりたいそうですわ。ここは私が案内します」

途端、肩に手が置かれた。

そのままグイッと引き寄せられて、肩を抱かれる。

「彼女もこう言っているので、気にしないでほしい」

大きな手の平の熱と、彼から漂《ただよ》う香りを感じ取った瞬間、距離の近さを意識してしまい、顔が火照《ほて》った。

私につられたのかマーロン神父も、なぜか頬をポッと赤らめる。

ちょっと待って、マーロン神父。誤解しないでください。

そう口にしたくても、口をパクパクと開けることしかできなかった。

その後、マーロン神父は頭を下げ、「なにかあればすぐに呼んでください」とだけ言い残し、教会の中へ戻った。

「神父、行っちゃったね」

呑気《のんき》な声を出すアレイス様に反論する。

「それはアレイス様が案内を断られたからでしょう」

語気強く言い放つと、彼は楽しそうに笑った。

「だって堅苦しいじゃないか。それにアーネットに案内してもらえば、十分だろう。相手も気を遣うし、こう見えて僕だって気を遣う。外に出た時ぐらい、自由にしていたい」

「それはわかりますけど……」

だが、アレイス様はこちらの困惑などお構いなしといった風情《ふぜい》だ。これ以上、なにか言っても無駄な気がしてきた。さっさと案内するとしよう。だが、その前に――

「あの、これ……」

肩に置かれた手に視線を向ける。アレイス様は、ん？　なんて言いながら顔をのぞき込んでくるが、顔が近いから!!

引き気味になっていると、後方から大きなため息が聞こえる。

振り向くと、ジッと私たちを見守るヒューゴ様の姿があった。

「アレイス様、本人の了承もなしに、女性の肩を抱くべきではありません」

そしてピシャリと言ってくれた。

いいぞー、もっと言ってやれ!!

心の中でエールを送る。すると、アレイス様はやっと手を離す。

「そうか。失礼か」

「ええ、そうですよ」

うなずくヒューゴ様に、アレイス様も納得したようだ。

「では次は、了解を得てからにしよう」

おい、そこ違うから。

ツッコミたくなったが、引きつった笑顔で沈黙を続ける。

すると、ヒューゴ様は私へ視線を向けた。

「アーネット様も、嫌なら嫌とはっきり言わないとダメです。さきほどもご忠告いたしましたが、きちんと意思表示をしないと、困るのはアーネット様ですよ」

そ、そんなぁ。なぜ私が怒られているの？　なんだか納得いかない。これでも毎回、頑張って伝えているつもりなのに。

「まあ、ヒューゴ。それぐらいにしないか。お前の物言いは少々きつい。そうだろう、アーネット」

なぜかアレイス様に庇《かば》われているけど、そもそもの元凶はあなた様じゃないでしょうか。

まったく腑《ふ》に落ちない。

怪訝《けげん》な表情を浮かべる私の前で、気を取り直したアレイス様が両手を広げた。

「行こうか。教会の中を案内してほしい」

そこで自分の本来の役目を思い出した。

そうだったわ。アレイス様を案内しなくちゃ。

「では参りましょうか」

建物の扉へ手をかけた時、パタパタと走る音が聞こえた。

「あっ、アーネット様だ」

「あら、ロビン」

ロビンは、教会でお世話になっている八歳の子供だ。彼はアレイス様とヒューゴ様に気づくと、しまった、という顔をして、建物の陰に隠れた。

「どうしたの？」

不思議に思って聞いたところ、建物の陰から声が返ってくる。

「ぼ、僕、大事なお客様が来るから、部屋で大人しくしているように言われたのに、忘れてた！」

遊びたい盛りのロビンは部屋でじっとしていられず、抜け出してきたのだろう。そしたらバッチリ私たちと出くわしてしまったようだ。

アレイス様がすっと歩き出し、建物の陰に隠れているロビンへ声をかけた。

「隠れる必要はないから、出てくるといい」

「本当に？　怒らない？」

ロビンの口調を気にした様子もなく、アレイス様は穏やかに答える。

「ああ、怒る理由などあるものか。遊んでいたのだろう？」

「うん、あっちにナターシャと、ドロシーもいるよ。皆で隠れて遊んでいたんだ」

「そうか、隠れるのなら、僕も得意だ」

そう言って、急に腕まくりをし始めたアレイス様に、ロビンは目を輝かせた。

「本当に？」

「ああ。つい最近も机の下に隠れた。楽しく隠れていたら、恐ろしい顔をしたメガネの男にすぐ捕まったがな」

彼は、隣に立つヒューゴ様をわざとらしく横目で見る。ヒューゴ様はこめかみを押さえ、頬を引きつらせていた。『誰のせいで怖い顔になったと思っているのか』などと、ぶつくさ呟いているのを、私は聞き逃さなかった。

「じゃあさ、お兄さんたちも、おいでよ。こっち、こっち」

手招きするロビンの後を、アレイス様が追いかける。

そこから、子供たちと鬼ごっこをした。

アレイス様は、教会を視察しに来たというより、子供と遊びに来たんじゃないの？　と思うぐらい夢中になって走り回り、子供がはしゃぐ声を響かせていた。

私は、身分の差など気にせず真剣に子供の相手をしている姿を見て、感心したのだった。


帰り道、馬車の中で腰を落ち着け、ホッとする。

「今日は久々に走ったな」

笑いながらアレイス様が声をかけてきた。

「子供というのは、素早く、元気なものだ」

そう言うアレイス様だって、負けないくらい足が速かった。

「今日は、なぜ教会にいらしたのですか？」

特にいろいろ見て回ったわけじゃない。むしろ子供と一緒になって遊んでいただけだ。疑問に思い、尋ねてみる。

「教会を見たかったというよりも、ここへ来たことに意味があるかな」

はっきりと言い切ったアレイス様は、さらに続けた。

「この国の経済状況を確認したかったという理由もあるな。孤児院などの福祉がどうなっているのか見たかった。たとえこの先、取引をしたところで、国の上層部だけが潤《うるお》っても仕方ない。まずは人々の生活がどれだけ手厚く支援されているのか確認したかったから」

やっぱり、ただ子供たちと遊んでいたわけじゃなかったんだ。

まあ、その割には楽しんでいたと思う。って、私も人のことを言えないけどね。貴族女性がドレスに泥をつけてまで、走り回ったのだから。

本当、今までのアーネットを知る人が見たら、驚いちゃうわよね、きっと。

そう思っているうちに、眠気が襲ってきた。揺れる馬車の中、ウトウトと目を閉じそうになってしまう。

「眠いの？」

声をかけられ、我に返る。

「すみません」

「無理しないで、寝てもいいよ」

甘い誘惑に負けそうになるけど、そんなわけにはいかない。首を横に振って目を覚まそうとする。

「じゃあ、おいで」

満面の笑みを浮かべ、両手を広げるアレイス様を見て、目が点になった。

これは、私にその胸の中へ飛び込めということでしょうか……

「いえ、そういうのは結構です」

片手で制し真顔で撥《は》ね返すと、アレイス様は声を出して笑った。

本当、人のことをからかいすぎだと思うわ。どこから冗談で、どこまで本気なのか、掴めない。だけど、私が失礼な態度を取っても怒らないし、不思議な人だ。

そう思ったら、なんだか笑いが込み上げてきた。

「最初に出会った頃より、表情が豊かになったよね、アーネットは」

「そうでしょうか？」

「最初はいつも眉間に皺《しわ》を寄せているような顔をしていたけど、今は笑うようになった」

そりゃね、以前はライザックのこともあり、いろいろ気を張っていたからね。自分に正直に生きると決めた今は、吹っ切れたけれど。

「それはアレイス様がおかしなことをなさるから」

「笑った顔も可愛いよ」

そんな台詞《せりふ》をサラッと口にして、どういうつもりなのだろう。だが、他意はないはず。

うん、きっと挨拶《あいさつ》代わりなのだわ。

自然と高鳴る胸に、勘違いしないよう自分に言い聞かせた。すると、アレイス様が提案してくる。

「また明日も出かけよう」

「明日ですか」

「案内してくれるのだろう？　もっとナイール国について教えてほしい」

「わかりました」

なにを紹介するべきか、揺れる馬車の中、考えながら帰路についた。

屋敷に着くと、待ち構えていたように父が飛び出してきた。

「それで、どうだったのだ⁉　アレイス様とは⁉」

ちょっ、お父様、目が血走っていますから。なにを期待しているというのだ。

急《せ》かしてくる父に、内心ため息をつきつつ答える。

「はい、教会へ行き、現在の国の孤児たちへの支援状況を確認されました」

途端、父の目の色が変わった。

「なんと！　我が国の福祉制度を確認しに行ったのか!!」

こうしちゃいられないとばかりに意気込み、勝手に一人で盛り上がっている。

「アレイス様が次回、視察に出向かれる際には、手厚く支援しているとアピールする必要があるな。予算を回すよう、王に相談しなければ。しかし、さすが大国の王子。目のつけどころが違う」

いいえ、目的はさておき、ただ子供たちを追いかけて、一緒になって遊んでいただけですから。

感心しきりの父に、本当のことを言いたかったが、ぐっと堪《こら》えた。

それにしても、大国の王子の影響力は計り知れない。行動の一つ一つに、周囲がこうも反応するものなのだと思い知らされた。

そして、自分にはそういった影響力があると、アレイス様も理解しているのだろう。

「それで、他にはなにか言っていなかったか？」

「明日もまた、案内してほしいと言われました。どこにお連れするのか、今から考えます」

「では郊外のラベンダー畑など、どうだ？」

確かにゲーム中、ラベンダー畑でのイベントがあったな。攻略対象と広大な土地に広がるラベンダーを見たアーネットが、頬を染めていたっけ。あくまで、ゲームの中の話だけど。

「ですがラベンダーでは、取引していただくには少し弱い気がします」

ラベンダーと鉱山物を取引だなんて、どんなわらしべ長者だ。

言い出しっぺの父も同様の結論にたどり着いたらしく、表情を曇《くも》らせた。

「うむ、そうなのだが……」

そりゃ、ラベンダーはポプリにして枕元に飾っておけば、安眠できますよ？　部屋に飾れば虫よけにもなりますし。

とはいえ、そんな効果を説明しても、鉱山物と取引するには物足りないだろう。

「本当、困りましたわ」

ハーッと深いため息をつく。

「なにを言う!!　あきらめてはいけない。必ず、お気に召すなにかがあるはずだ」

ナイナイ尽くしのナイール国に、それを求めるのは酷《こく》ってものじゃない？　日頃は父も『ナイナイ尽くしのナイール国』と自虐的なギャグを放つくせに。こんな時だけ調子がいいわ。

「まあ、なにかしらお気に召していただけるよう、私も頑張りますわ」

「ああ、頼んだぞ」

父からもプレッシャーを受け、ただでさえ疲れた体に疲労感が半端《はんぱ》ない。

ぐったりとして、部屋に戻った。

「お帰りなさいませ、アーネット様」

「ただいま」

エミリーが笑顔で迎えてくれた。彼女の変わらぬ笑顔に癒《いや》されるわ。ソファに深く腰をかけ、体を休める。

「今、紅茶をお淹《い》れしますね」

カチャカチャと準備する音を、目を閉じて聞いていた。やがて部屋中にフワッと漂《ただよ》ってきたのは、蒸《む》らされた茶葉の香り。この香りはとてもリラックスする。

やがて、エミリーがカップをテーブルに置いた。

「どうぞ、お召し上がりください」

礼を言った後、カップを手にして喉を潤《うるお》す。フワッとした香りの後に、ふんわりと優しい甘味が広がる。

この味は……

「ねえ、この紅茶はどうしたの？」

「お気づきになられましたか」

エミリーの顔がパッと明るくなった。

「この紅茶はアレイス様より届けられたのです。アーネット様にって！」

驚きに、私は目を瞬《しばたた》かせた。

「今日、アーネット様が美味《おい》しそうに飲んでいらっしゃったから、だそうですわ」

「ふうん、そうなの」

エミリーのはしゃいだ声を聞きながら、あえて冷めた反応をするが、内心まんざらでもなかった。

嬉しくて頬が熱くなったので、エミリーに悟られないようにカップを傾けて紅茶を飲み干す。カップをソーサーへ置いて顔を上げ、ひとり言みたいに呟いた。

「さあ、明日はどうやって案内しようかしら」

どうせなら、楽しい場所をお見せしたいわ。

頭の中で計画を立てているうちに、うきうきした気持ちになってくるのが自分でも不思議だった。

翌日、私は約束通り城へ出向いた。

　一晩悩んだが、やはりここはラベンダー畑へ案内するとしよう。ラベンダーで取引できるとは思えないけど、他に連れていく場所がないのだ。まあ、もしかしたら気に入ってくれるかもしれないし。淡い期待を抱いて、アレイス様の部屋へ向かう。

　ノックすること三回で返答があった。扉のノブが回り、ヒューゴ様が顔を出す。

「おはようございます、アーネット様」

「おはようございます、ヒューゴ様」

　挨拶《あいさつ》を交わすと、ヒューゴ様は扉を大きく開き、入室するようにすすめてきた。

「さあ、お入りください。アレイス様がお待ちかねです」

「はい」

　一歩足を踏み入れると、窓際に立っていた人物が振り返り、満面の笑みを浮かべる。

「アーネット」

　両手を広げ、瞳をきらきらと輝かせて近づいてくるアレイス様に、若干腰が引けた。だが姿勢を正し腰を折る。

「おはようございます、アレイス様」

「おはよう、アーネット」

　朝から上機嫌だけど、いったいどうしたのだろう。

「さあ、今日はどこへ出かけるのかな」

張り切った様子でうきうきされても、そんなに期待されるような場所でもないので、心苦しい。

「あのですね、郊外にラベンダー畑があるのです」

「いいね、早速行ってみようか。帰りは街へ寄ろう」

アレイス様がはしゃいだ声を出したので、いくぶんホッとした。

本当、この人はいつも機嫌がよくて、嫌な顔をしているのを見たことがない。男性だし、『そんな場所には興味がない』とか思ってもおかしくないのに、心が広いのかも。

そして私たちは早々に馬車へ乗り込み、出かけた。


馬車に揺られて郊外に出ると、紫色の一帯が見え、風に乗って爽《さわ》やかなラベンダーの香りがする。

薄紫色に染まる丘を眺めるのは、子供の頃に家族と一緒に来て以来だ。当時はなんて広大な丘なのかと思ったが、大人になって来てみると、なんていうかこう……一言で表すならショボい。私でさえこう思うのだから、アレイス様はなおさらだろう。

確かめるのが怖いものの、恐る恐る隣に立つアレイス様の顔をのぞき見た。

だが予想とは裏腹に、彼は楽しそうに目を輝かせている。

あら？　もしかしてまんざらでもないかしら？

ホッとしつつ、声をかけた。

「このラベンダーを収穫すれば、ポプリやドライフラワーにして楽しめますわ」

輸出品としてはかなり、いやだいぶ物足りないけれど、仕方ない。目ぼしい特産品がないナイール国だもの。

「ルネストン国には、もっと広いラベンダー畑などもあるのでしょうね」

そう呟いた私の顔を見つめたアレイス様は、柔らかい笑みを浮かべるのみだ。

気を遣ってなにも言わないのだろう。

「鉱物と引き換えにするには足りないかもしれないですけど……」

自嘲気味に笑うと、アレイス様が口を開いた。

「そんなことはない。素敵な景色だ」

フォローのつもりか、彼はさらに続けた。

「それにもう取引の件は決まっているから、そう心配しなくていい」

「えっ？」

それはもう、目ぼしいものを見つけているということなのか。

私を見つめるアレイス様は、真剣な表情をしている。

「それは我が国と取引してくださるという意味ですか？」

思わず聞いてしまった。

すると、アレイス様は深くうなずく。

「ああ、もう決めているよ」

その言葉を聞き、すごく嬉しくなった。

やったー!! それならこの国の未来は明るい。もう、ナイナイ尽くしのナイール国とは呼ばれないはず。

「だけど、この件はまだ内緒だよ」

アレイス様はすっと人差し指を立て、私の唇にそっと押し当てた。

「わ、わかりました」

その瞬間、我に返り恥ずかしくなる。唇に軽く触れられただけで、こうもドキドキするものか。照れ隠しのため話題を変えた。

「そ、そう言えば、ルネストン国にもハーブの畑などはあるのですか？」

「あるよ。見に来る？」

彼は首を傾げて私の返答を待っている。

私だって、ここで『いいえ、結構です』なんて答えるほど空気の読めない奴じゃない。

「いいですね、ぜひ」

社交辞令と受け取り、軽く返事をした。実際のところ、ルネストン国へ行く機会はないだろうけどね。

「せっかくだから、少し摘《つ》んで帰ろうか」

「ええ、そうですね」

二人で他愛もない会話をしながらラベンダーを摘《つ》む。なんだか子供の頃、シロツメクサを摘《つ》んで花かんむりを作って遊んだ懐かしい記憶が蘇《よみがえ》った。

それにこうやって改めて見ると、太陽の光を浴びて、紫のラベンダーの群集が風にそよぐ様《さま》は、とても絵になる。それはきっと、見目麗《うるわ》しいアレイス様がいるからだろう。

夢中になってラベンダーを摘《つ》んでいる彼の姿が微笑ましくて、クスリと笑うと同時に、胸が高鳴る。彼から視線を外せないのだ。

ラベンダーに手をかける長い指先も、高い鼻筋や形のよい唇も、すごく魅力的で、ずっと見ていたくなる。ますます、鼓動が速くなった。

なんだろう、この感情は。このまま時間が止まってしまえばいいのにとさえ思ってしまう。

「アーネット」

ふいにアレイス様が声をかけてくるものだから、驚いて視線をサッと逸らした。わざとらしかったかしら。

「もう、これぐらいで十分かな」

でもアレイス様は気づいてない様子で、ラベンダーの束を見せてきた。この楽しい時間が名残惜《なごりお》しいけれども、馬車に戻ることを提案する。

馬車に乗った後は、街へ寄ることになった。

「さてと、どこへ行きましょうか？」

「どこへでもいいよ。アーネットの行きたいところで」

どこでもいいと言われるのが一番困る。そして、疑問に思うことがあり、思い切って口にした。

「あの、アレイス様、近いです」

なぜか彼は私の隣に腰かけ、顔をのぞき込んでいるのだ。異様に近くて恥ずかしくなり、背中を反《そ》らして距離を取る。

馬車の隅に体をぴったりと寄せても、ぐいぐいとくるものだから、逃げ場がない。

「アーネット」

アレイス様はそう呼ぶと同時に、私の髪を一房手に取った。

色気のある声と仕草に、ドキリとする。

「言ったよね、二人の時は堅苦しい言葉遣いはしないでほしいな」

「で、ですが……」

じっと懇願《こんがん》の眼差しを向けられ、動揺する。その時、アレイス様からフワリとラベンダーの香りがした。ラベンダー畑にいたから香りがうつったのだろう。私も彼と同じ香りをまとっているのかもしれないと思うと、ますます動揺してしまう。アレイス様の視線が熱く、私は目を逸らせない。街の停留所に到着したのか、馬車が停まった。だが、アレイス様は馬車から降りようとしない。

「これでも頑張っているのです。そもそもアレイス様は国賓ですし、立場が違います」

自分の立場では無理だと告げるが、彼も引き下がらない。

「そんなことを言われると、距離を取られているみたいで悲しくなるな」

「ですが……」

だが、私だって引き下がるわけにいかない。

ダメな時はダメと伝えるよう、ヒューゴ様もおっしゃっていたし。

「じゃあ、言い方を変えようか？　これはお願いじゃなくて命令だよ、ってね」

少しだけ意地の悪い笑みを浮かべるアレイス様に、グッと言葉に詰まる。

「でも命令なんて言い方、したくない。だから二人の時はどうか固くならないで」

返答に困っていた時、馬車の扉が静かに開いた。その向こうにはヒューゴ様が立っている。

「はい、私が登場しましたので、二人きりではなくなりました。年頃の女性にやたらと近づくのはおやめくださいアレイス様。アーネット様がお困りです」

ナイスツッコミ、ヒューゴ様。

心の中で彼に感謝していると、アレイス様が目を細める。

「ヒューゴ、邪魔をするな。空気を読め」

「さあ、街に到着しました。私は後方に控えておりますので、先にお進みください」

ヒューゴ様は気にした様子もない。扉を全開にして、頭を下げ、私たちが降りるのを待っている。

「行きましょう、アレイス様」

不満げな彼を急《せ》かし、馬車から降りた。

今日も街は買い物客が集まり、賑わいを見せている。

活気づいている街の風景を眺めていると――

「で、どこへ案内してくれるの、アーネット」

アレイス様にそう問われて、視線をさまよわせた。

街に来たまではいいけど、どこに案内しようとか、考えていなかったよー。ウィンドウショッピングだけじゃ、ダメかしら？

――困った。

そもそも私も、街をよく知らないじゃないかーい。

悩んで立ち尽くしていると、アレイス様が声をかけてくる。

「アーネットは甘い菓子は好き？」

「好きです」

急にどうしたのかと思っていると、アレイス様が嬉しそうに笑った。

「それはよかった。なんでもこの街にはスイーツが評判の店があると聞いた。だから、そこへ行きたいんだ」

「あっ、それなら……」

以前、エミリーから聞いた覚えがある。空色の屋根が目印のお菓子屋のことを。一度、店の前を通りかかった時はすごい行列だったから、あきらめたけれど。

「行ってみますか？」

提案すると、アレイス様の顔が輝いた。

「そうだね、行ってみようか」

でも不安が一つある。

行ってみたとして、あっさり入店できるだろうか？　席が空《あ》いているといいのだけど、この街の混み具合からいって無理かもしれない。

アレイス様が後方に控えていたヒューゴ様に視線を投げる。すると、ヒューゴ様はうなずいた。

「では、行こう」

なんのやり取りなのか不思議に思っていたら、アレイス様がサッと手を差し伸べてくる。まるで、手を繋いでいくのが当たり前だとでも言うように。

私は、まじまじと彼の顔と手を交互に見つめた。

「迷子になると悪いから」

そう言いながら、アレイス様が強引に私の手を取る。

大きな骨ばった手に包まれ、鼓動が速くなるのを感じた。アレイス様はにっこり微笑むと、そのまますたすたと歩き出す。なんだか、店の場所を知っているみたいだ。私も黙って隣を歩くけれど、正直、それどころじゃない。

し、静まれ、心臓。

男の人に手を握られて歩くなんて、人生で初だわ、初。しかもこんな人目の多いところで、誰かに見られたらどうするのかしら。

動揺しつつ周囲を見回す。

……って、皆見てるじゃないかーい。

街を歩く人々が、チラチラとアレイス様を見ていた。本人がそれを気にしていないのは、人から注目されることに慣れている証拠だろう。

無理もない、服装こそお忍び仕様で控えめにしているが、生まれ持った気品までは隠せない。それに加えて美形なものだから、どうしても目が行くのよね。かくいう私だって――

「ほら、着いたよ」

そっとアレイス様の横顔を見つめていたら、彼が急にこっちを向いたので、驚いて視線を外した。

「も、もう着きましたの？」

彼を見つめていたことを悟られないよう返答したつもりが、声がうわずる。

アレイス様の指さす方向に、空色の屋根が見えた。目指していたスイーツのお店だ。

店の外にまで行列ができていることを覚悟していたが、今日は行列がなく、ホッとする。

もしかしてラッキーな日なのかしら。それとも売り切れちゃった？

不安になりながらも店の扉を開けると、カランコロンと来客を告げるベルが鳴り響く。

可愛らしい木造の店内には甘い香りが漂《ただよ》っているけれど、ガランとしており、驚いた。

もしや今日は定休日なのかしら？

そう思っているとカウンターの奥から、男性が近寄ってきた。男性はかしこまった態度で背筋を伸ばし、緊張している様子に見えた。

「お待ちしておりました。お席を準備しておりますので、こちらへお越しください」

まるで、私たちが訪ねることをあらかじめ知っていたような台詞《せりふ》だ。

「今日は天気がよろしいので、二階のテラス席をご用意しました。足元にお気をつけください」

男性は店内の隅にある螺旋《らせん》階段を示した。

呆気にとられていると、アレイス様が私の手をギュッと握る。

「行こうか」

優しく微笑みかけてくる彼に、コクン、と小さくうなずいた。というより、それだけしか反応を返せなかった。

……って、私ってばなにを意識しているの。

アレイス様は大国の王子だし、レディファーストが徹底されているのよ。女性をエスコートすることに慣れているだけだわ、きっと。

勘違いしそうな自分にそう言い聞かせ、階段を上《のぼ》ると、見通しのよいバルコニーへたどり着いた。

広くはないが、落ち着きがあり、居心地がよさそうだ。シックな風合いの木のテーブルと揃いの椅子が置かれていて、古めかしい街並みが眺められる。

「どうぞ、座って」

アレイス様が椅子を引いてくれたので、遠慮がちに腰かけた。青空には、ちぎって浮かべたみたいな白い綿雲《わたぐも》。心地よい風が吹き頬を撫《な》でていく。まぶしいぐらいの日差しを浴びながら、アレイス様は正面の席に座る。

そこでようやく気づいた。

繁盛店がこんなに空《す》いているのはおかしい。考えられる可能性は一つだ。

もしやアレイス様、この店を借り切った？

さすが大国の王子様、おっ金持ち～。セレブ～‼

……いや、そうではなくて。

つまり、この店へはもとから来る予定だったのだろう。だから店の場所も把握していたんだ。案内役が案内される側に回るだなんて申し訳なさすぎる。

「お待たせしました」

気まずくなってうつむいた私だが、さきほどの男性が運んできたスイーツを見た瞬間、声を上げた。

「まあ、なんて可愛らしいスイーツなのかしら」

お皿に、一口で食べられそうなミニサイズのケーキがちょこんと列をなしている。ケーキの上には新鮮そうなフルーツと生クリームが飾られていた。

食べてしまうのがもったいなくて、感嘆のため息をつく。

「どうぞ、ごゆっくりお召し上がりください」

店主は材料の説明を一通りすると、そっと席を離れた。

「召し上がれ」

アレイス様が笑顔ですすめてきたので、フォークを手に取り、口に入れる。

「ん～～っ！　美味《おい》しい～～」

一口食べた途端、自然と言葉がこぼれた。

ケーキの生地はふわっふわで柔らかく、上に載っているラズベリーのほどよい酸味と合わさって、ちょうどいい甘さだ。中に挟んであるクリームも絶品だった。これなら何個でも食べられそう。

「フルーツがさっぱりしていて新鮮。エミリーにも食べさせてあげたいわ」

街に来た時、エミリーも食べたそうにしていたっけ。今度は彼女も連れてきてあげようと思いながら夢中になって食べていると、視線を感じた。

顔を上げたところ、目の前に座るアレイス様が頬杖をつき、笑顔で私を見つめている。

「召し上がらないのですか？」

自分は食べることに夢中になっていたが、アレイス様が一つも口にしていないことに気づいたのだ。

「ああ、僕はいいよ」

さらっと答えるので、心配になる。

「もしや、どこか具合がお悪いのですか？」

そう尋ねると、彼はフッと頰を綻《ほころ》ばせた。

「ああ、違うよ。あまり甘いものは得意ではなくてね」

「そう……なのですか」

その言葉が腑《ふ》に落ちず、口をつぐんだ。

だってこのお店に来たいと言ったのは、アレイス様だわ。それも、事前に店へ連絡して貸し切りにしていたみたいだし。

そこまでしてでも、この店のスイーツが食べたいのだと思っていた。

だけど、甘いものは得意じゃないと言うじゃない。ではなぜ、わざわざこの店に来たの？

ええい、考えるより、聞いた方が早い。

「どうしてアレイス様は、このお店に来たいとおっしゃったのですか？」

その上、わざわざ下準備までして。

すると、彼はなんともないような顔で、フッと笑った。

「それは、前に君が食べたいと言っていたからだよ。喜ぶと思って」

アレイス様は、私がなにげなく発した言葉を覚えてくれていたんだ。そしてこうやって、連れてきてくれたんだ。

「僕は君が喜ぶことは、なんでもしてあげたいと思ってしまうんだ」

スイーツよりも甘い言葉をかけられて、胸がドキドキする。

でも、なぜ――？

考えれば考えるほど、落ち着かなくなる。

「すみません、案内役は私ですのに」

「謝らないで。そこはありがとうと言われた方が嬉しいよ」

アレイス様は、どうしてこうもよくしてくれるのかしら。もとから優しい人だから？　それとも単に気まぐれ？　屋敷からあまり出たことのない私を連れ回すと、反応が楽しいから？

「ほら、ついているよ」

「えっ」

「クリームが」

ふいに伸ばされた指先が、私の頬に触れた。途端、全身が熱を持ったかのように火照《ほて》る。

「す、すみません」

慌てて謝ると、彼は優しく微笑んだ。

この笑顔を見たら、胸がいっぱいになると同時に、お腹までいっぱいになった気がする。

微笑みながらじっと見つめてくる彼を前にして、私は緊張しつつもケーキを食べ終えたのだった。

そうして私たちは、店主に見送られて店を出た。

二、三歩歩いたところで、アレイス様が足を止める。
「少し、ここで待っていてくれるかい。忘れものをした。側にヒューゴが控えているから、万が一、なにかあった時は遠慮なく呼ぶように」

ちょっと離れるだけなのに、大げさだなぁと苦笑しながらもうなずいた。

道の隅に行き、レンガ調の壁に寄りかかる。

そして通りの混雑を観察した。品物を見定める人々や、店で値切っている人、立ち話に花を咲かせている人など、さまざまな人々がいる。

「アーネット様」

急に、横あいから声をかけられた。

顔を向けたところ、一人の男性が立っている。それは思いもよらない相手で、驚いた。

「タナトス神父」

彼は、爽《さわ》やかな笑みを浮かべて言った。

「まさかここで会えるとは思いませんでした」

「神父こそ、どうなさったのでしょう？　買い出しですか？」

無邪気に問いかけると、タナトス神父はじっと私の目を見つめ、首を横に振る。

「私のことを、マーロン神父からお聞きになっていないのですか？」

「ええ、なにも。どうかされたのですか？」

質問している最中、ふと気づいた。

いつものタナトス神父は裾の長い上着の神父服姿。だが今日の服装は違った。白い上着にタイを結び、上品な装《よそお》いだ。神職の服装ではなく、貴族の男性が着る服だった。

「なんだか、日頃と格好が違いますね」

思ったまま口にすると、タナトス神父は目を見開く。

「私は目が覚めたのです」

はっきりそう告げた神父の声は決意に満ちていた。

「私は母が亡くなって、あの教会へ預けられました。そして日々、子供たちの面倒をみて癒《いや》される一方で、納得していない自分もいたのです。内心では、貴族として暮らす兄がうらやましいと思っていました」

タナトス神父は複雑な家庭の事情から教会に身を寄せているけれど、本来は貴族の子息だったことは、私もゲームの設定として知っている。

「それでも自分は途中まで、身寄りのない子供たちのために人生を捧げるつもりでいました。だが、自分の心に偽《いつわ》りがあると気づいたのです」

「そ、そうなのですか」

淡々と述べるタナトス神父に気迫を感じて、たじろいでしまう。

「アーネット様、あなたを見て決意したのです」

「私ですか?」

まさか彼が自分に影響されたとは思いも寄らず、驚きの声を上げる。

「ええ。自分に偽《いつわ》りなく生きると宣言したあなたの姿は、凛《りん》としていて神々しく感じました。その瞬間、自分の正直な気持ちに気づいたのです。あなたのことを、欲しいと思っていることに――」

「えっ!?」

まさかの白昼堂々、しかも街の雑踏での告白に目を見開く。

「だが、あなたはフォルカー家の令嬢。かたや私は貴族の父を持つとはいえ、愛人の子であるがゆえに教会に捨て置かれた身。どうあろうと実るはずのない恋です」

タナトス神父は眉間に皺《しわ》を寄せ、苦しそうな表情でうつむいた。しかし、すぐに顔をパッと上げる。

「けれど、あなたは教えてくれた。自分に正直に生きるべきだと。それで決意したのです。そして父のもとへ戻り、自分にも家を継ぐ権利があると主張しました。幸いにも、兄である長男は賭博《とばく》と女性にうつつを抜かす放蕩者《ほうとうもの》。父は私を認め、家に入れてくれました。

また、父の仕事についても学んでおります。だから、もうすぐなのです」

「な、なにがですか」

「父を取り込み、兄と義母を追い出し、私が味わったのと同じ疎外感を味わってもらいます。そしてあの家の実権を握ってみせます」

「そ、それは……」

なんだろう、こんな時はどう言葉をかけるべき？

頑張ってくださいなどとは、到底言える雰囲気ではない。

タナトス神父の目が暗く淀《よど》んでいることに気づき、後ずさる。

その時、スッと手が伸びてきて、手首を掴まれた。

「だから、待っていてください。近い未来、必ずあなたを迎えに行きます……！　私の伴侶として」

ちょ、ちょっと待ったーー!!　ヤンデレ神父と化しているじゃない!!

えっ、こんな人だったっけ？　記憶にないけど、まさかこれって隠しルートなの？

教会で彼にかける言葉が運命の別れ道なのは間違いないけど、ヤンデレルートはなかったはず。そもそも、子供たちと教会で暮らすことを選択したんじゃなかったの？

ゲームと世界観が同じでも、攻略方法が通用しないじゃない！

動揺を悟られてはいけないと気丈に振る舞うが、手首にかかる力がギュッと強まった。

「いいえ、離しません。離したらきっと、私のもとから逃げてしまうでしょう？」

薄暗い表情で笑うタナトス神父に、背筋がゾッとした。

街の大通りには人々が行き交っているので、大声を出せば、誰かすぐ助けに来てくれるはず。ヒューゴ様だっている。しかし、ここで騒ぎを起こしては、面倒なことになるだろう。

なにより、アレイス様に迷惑をかけるわけにはいかない。

私はグッと足に力を入れ、その場で踏ん張った。

「もう一度言います、その手を離してください」

キッと彼の顔を見据える。するとタナトス神父は目を見開き、口の端に笑みを浮かべた。

「強気なあなたも、なんて素敵なのでしょう」

こいつ、やべーよ!!

目をウルウルと潤《うる》ませるタナトス神父には、前の爽《さわ》やかな面影《おもかげ》がどこにもない。見事なヤンデレでドM。なんだ、どうした、どこで間違った。なんか変なものでも拾って食べたか、タナトス神父。

だとしても、私は巻き込まれるわけにはいかない。

手首に力を入れた時、声が聞こえた。

「なにをやっている」

ハッと顔を向けると、険しい表情をしたアレイス様が立っていた。

しばしタナトス神父と無言でにらみ合ったアレイス様が、顎《あご》をしゃくる。

「まずは彼女の手を離せ。嫌がる女性に無理強《むりじ》いするものではない」

アレイス様の表情は今まで見たことがないほど、冷え冷えとしていた。声も低く、怒りを抑えているのが感じられる。

タナトス神父は息を呑んだ後、静かに私の手を離した。

すると、すかさずアレイス様が私とタナトス神父の間に割って入った。

「用件を聞かせてもらおう」

堂々としたアレイス様の広い背中に守られ、ホッとしてへたり込みそうになったが、なんとか踏ん張った。

「あなたには関係のないことだ」

タナトス神父の声も、今まで聞いたことがないほど冷たい。

「いや、関係ならある」

アレイス様はきっぱりと告げる。そしていきなりこちらを振り向くと、私の腰に腕を回し、引き寄せた。

「彼女は僕と、こういう関係だからだ」

は⁉

思いも寄らないことを言われ、耳を疑った。

パチパチと瞬《まばた》きを繰り返した後、あんぐりと口を開け、アレイス様を見上げる。彼はにっこりと微笑むと、そっと手を伸ばし、私の顎《あご》を掴んだ。

「まったく君は。少し目を離すと、すぐに他の男性から声をかけられてしまう。君の魅力は僕だけのものなのに」

サラッと放たれた台詞《せりふ》に動揺する私に、アレイス様の視線が語りかけていた。話を合わせろ、と。

確かに、ここは一芝居を打ち、早々にヤンデレ神父にご退場願うべきだろう。そこで私は思いっきり、はしゃいだ声を出した。

「わっ、私の心はあなたのものだから、心配しないで」

少し、いや、かなりわざとらしかったかしら？

こんなので通用するとは思えない。すぐに芝居だって見抜かれてしまうんじゃなくて？

心配になってタナトス神父に視線を向けたところ、彼はいつの間にか両膝を地面につき、地面に突っ伏していた。しかも涙まで流している。

えっ、これで信じちゃったの!?

拍子抜けしているとアレイス様がそっと膝を折り、タナトス神父の頭上から声をかけた。

「というわけだから、アーネットのことはあきらめてくれ」

タナトス神父は涙声になりながら、声を絞り出す。

「ず、ずっと、憧れていた……。生まれ変わった気持ちで頑張れば、手に入れられると思っていたのに……」

すると、アレイス様はタナトス神父の肩をポンポンと叩いた。

「君の心意気は買うが、彼女のことは譲れない」

心臓が高鳴った。

タナトス神父に信じ込ませるための芝居だとわかっていても、顔が火照《ほて》ってしまう。

そしてアレイス様は、タナトス神父の肩をガッと掴み、涙と鼻水でぐしゃぐしゃになった彼に言った。

「今後、彼女に付きまとったり迷惑をかけたりすることはないように。その時は、僕も相応の対処をする。それだけは忘れないでくれ」

真面目な顔で告げる言葉は、本気を感じさせた。

やがてアレイス様は立ち上がり、膝についた砂を払い落としながら言った。

「さあ、行こうか」

「あ、はい」

泣き崩れるタナトス神父を人々が遠巻きに見ている。

教会にいるタナトス神父は好きだった。優しくて慈悲深い方だと思っていた。

だからこれから、自分の人生を楽しんでほしい。だが、そう声をかけるのはやめておいた。期待させるようなことを言い、これ以上勘違いさせては気の毒だからだ。

「さようなら、タナトス神父」

そっと一言だけ告げ、その場を後にした。

タナトス神父から離れるとすぐに、ヒューゴ様が近寄ってきて口を開く。

「お怪我はございませんか」

「大丈夫」

サラッと返すアレイス様に、ヒューゴ様は沈痛な面持ちで、額《ひたい》を押さえた。

「まったく、無茶なことはやめてください。あの男が逆上しないとも限らなかったのですよ。助けようとした私を遮《さえぎ》り、ご自分が飛び出していくなど……」

「大丈夫、ヒューゴは心配性だ」

いや、そんなことを言いましても、この国の人間が大国の王子を傷つけたりしては、取引どころか、争いの火種になるじゃない。

本来ならアレイス様は、私とは住む世界の違う人だ。改めて、こうやって構われ続けていることが不思議になった。

「念のため、あの男の身元を調べておいてくれ。あと、怪しい動きをしないか、しばらく見張っていてほしい」

「承知しました」

テキパキ下された指示に、ヒューゴ様はうやうやしく頭を下げる。

急に、アレイス様が顔をのぞき込む。

「大丈夫？」

「はい、大丈夫です」

ホッとしていると、少しだけ彼の表情が不機嫌になる。

「なんですぐに僕やヒューゴを呼んでくれなかったの。近くにいたのに」

「それは、迷惑をかけると申し訳ないと思って……」

「そんなことはない」

強い口調ではっきりと言い切られ、驚きに肩が震えた。

「君を守るのは僕でありたいし、本当なら、あの男を処罰したいとさえ思う。だが、ここは自国ではない。だから必死に抑えている気持ち、理解できる？」

正直言って、わかりません。

だけど、一つだけわかっているのは、鼓動が速くなって落ち着かないということ。

「でも、僕はとても嬉しかった」

「なにがですか？」

「私の心はあなたのもの、って言ってくれたこと」

はにかみながら、頬を緩ませているアレイス様の発言に、頬がボワッと熱くなった。

「あ、あれは、そう言わなきゃダメな気がしたから」

すると、アレイス様はふんわりと微笑んだ。

「それでもだよ」

優しげに笑う顔を見て、心臓がドクンと音を立てた気がした。

「一つ、提案があるのだけど」

「はい」

高鳴る心臓がばれやしないかと心配になりつつも、平静を装《よそお》って返事をすると、アレイス様が口を開く。

「アーネットは外の世界を見てみたいと思う？」

そりゃ、せっかく生まれ変わったのですもの、いろいろな世界を見たい。そう思い、うなずいた。するとアレイス様は満面の笑みを浮かべる。

「じゃあ、一緒にルネストン国へ来ないかい？」

予想もしていなかった問いかけに、言葉に詰まる。

一緒に行くって、どういうこと？　観光？　それともなにかを学びに？

そりゃあ、ルネストン国に興味がないと言えば嘘になる。ここら辺で一番の大国ですもの。

返事に困っていると、アレイス様は察してくれた。

「すぐには無理でも、考えておいて」

「あ、はい」

冗談なのか社交辞令なのか、区別がつかない。だけどまあ、誘われて悪い気はしなかった。むしろ嬉しい。

だけど、まさかねー。ゲームにもなかったわよ。自国を飛び出して隣国へ行ってしまうルートは。そりゃ、行ってみたい気もするけどさ。その場合は長期旅行になるのかしら。

「ルネストン国を気に入ってくれたら、嬉しいよ」

微笑むアレイス様に曖昧《あいまい》な相づちを打った。

街から離れ、屋敷へ送ってもらう。馬車から降りる時、白い箱を渡された。

「はい、これ、おみやげの焼き菓子」

「え……」

「あの店に一緒に来るはずだった侍女とでも、一緒に食べるといい」

まさか、さっきはこれを購入するために、私と離れたの？　それも私が呟いた言葉を拾って、わざわざ？

「ありがとうございます」

優しい気遣いが嬉しくて、心からお礼を口にした。

「いや、こちらこそありがとう。今日も楽しかった。また行こう」

爽《さわ》やかな笑顔の彼に、鼓動がさらに速くなった。

アレイス様が来てから、城では数日おきに豪華な食事会が開催されていた。

国費、大丈夫か？　と、心配していたが、なんでも滞在させてもらうお礼と称して、ルネストン側から金を渡されているそうだ。それも結構な額だと聞いた。

さすがお金持ちの大国は違うわ。だからこそ国王を筆頭とするナイール国の人々は、皆どうにかしてアレイス様に気に入られようと必死だった。

今日の食事会も、私は父と共に招待されている。

会場の広間へ入ると、開会まではまだあるのに、既に人々が集まっていた。若い令嬢がやたらと多いのは気のせいではないだろう。

始まるまで一息つこうと壁に寄りかかったところ、近くで、三名の女性が噂話《うわさ》に花を咲かせている。

私に気づいた女性の一人が、眉をひそめた後、他の令嬢へとそっと耳打ちをしたのを見逃さなかった。

なんだか嫌な予感。

だが、気づいていない振りをして、私は反対側に視線を向けていた。その時、女性の一人が声をかけてくる。

「アーネット様じゃありませんか」

にっこりと微笑みを浮かべている女性とは、話したことはない。名前も知らないと思いつつも、向き直って笑顔で返す。

「あら、こんにちは」

女性は、こちらを無遠慮にジロジロと眺める。それこそつま先から頭のてっぺんまで。そして、羽のついた扇子《せんす》で口元を覆いながら言った。

「アーネット様、以前にお見かけした時とは、雰囲気が違いますのね」

またこの話題かよーと、げんなりしたものの、適当に返事をする。

「なんと言いますか、アーネット様は男性の気を惹くのがお上手ですわね」

ん？　今のは褒《ほ》め言葉？　いや、どう考えても違う。

まじまじと相手の顔を見つめる。彼女の目は、面白そうに歪《ゆが》んでいた。

呆気にとられていると、側にいた二人の女性も相づちを打った。

「そうですわ、アーネット様。ライザック様のお次はアレイス様だなんて、変わり身の早いことですわね」

「そうそう。深窓のご令嬢とか言われていましたけど、今日の服装は随分胸元が開いていらっしゃるのね。そんなに開けていると、男性の視線を集めてしまいますわ。それも意図的なものですの？　みっともなく見えましてよ」

三人はクスクスと笑い、ささやき合っている。これはまた陰険な集団に出くわしたものだ、面倒くさい。

目立つということは、それだけ人々から嫉妬《しっと》ややっかみを買うということだ。アーネットは今まで大人しいタイプだったから、なおさらだろう。

それにアレイス様と接するようになったのと、大胆なイメージチェンジをしたのが同時期だったから、アレイス様の気を惹こうとしているように見えたのかもしれない。

たまたま時期が重なっただけであって、別に男性の視線なんて気にしてないのですけれど。だが、彼女たちに弁解するつもりはないし、そんなことをしたって時間の無駄だ。

彼女たちは単純に、私が気に入らないだけなのだから。

また、彼女たちは他にも思い違いをしている。それは、私が言われっぱなしじゃなくなったということ。変わったのは外見だけじゃないんだからね。

さあ反撃してやろうと、息をスウッと吸い込み、にっこり微笑んだ時——

「おやめなさい」

背後から、女性の声がした。

「あなたたちの口にしていることの方が、よっぽどみっともなくてよ」

凛《りん》とした声が周囲に響き、女性たちは完全に動揺している。

「クリスティーナ様、私たちは、その……」

声の主であるクリスティーナの気迫に呑まれたのか、女性たちはしどろもどろだ。

「憶測で発言することは、侮辱《ぶじょく》することと同じよ」

厳しい言葉を口にしたクリスティーナに、女性たちはバツが悪そうに顔を見合わせると、逃げるようにその場を去った。

今のって、私のことを庇《かば》ってくれたんだよね？

すごく嬉しくて、胸が熱くなる。

そして振り返った時、クリスティーナと目が合った。

「クリスティーナ様、ごきげんよう」

私が挨拶《あいさつ》をするとクリスティーナはすぐに顔を引き締め、口の端に笑みを浮かべた。

「ごきげんよう、アーネット様」

やはり凛《りん》としたたたずまいで、華がある。そんな彼女にお礼を伝えたくて、口を開いた。

「ありがとうございます。私を庇《かば》ってくださったのですよね？」

クリスティーナは動揺したのか、目を瞬《しばた》かせる。そして、視線をサッと逸らすと、はっきりと答えた。

「いえ、私はただ、ああいうことが嫌いなのです」

そんなことを言いながらも、頬がほんのりと赤く染まっていた。

おっ、もしやツンデレか⁉　クリスティーナはツンデレ属性なのか。

前も思ったけれど、やっぱり、彼女のことは好きだわ。

「あなたはそうおっしゃるけれど、私はとても嬉しかったの。だから、ありがとう」

感謝の気持ちを口にすると、クリスティーナはツンとして横を向いた。

だが耳まで赤くなっているのを、私は見過ごさない。

「噂《うわさ》や陰口は、尾ひれがついて広まりますから」

クリスティーナがポツリと呟いた。

ああ、そうか。彼女もライザックとの婚約破棄事件を噂《うわさ》され、いろいろ辛いことがあったのだろう。だからこそ、ああいった陰口は聞くに堪《た》えなかったのかもしれない。

人の心の痛みがわかる人なのだ。

そう思ったら、クリスティーナの好感度がぐんぐん上がった。ますますライザックにはもったいない女性だと思うわ。

「私、クリスティーナ様に憧れていたのです」

急に告白した私を、クリスティーナは弾かれたように見つめた。

「いつも、輝く金色の髪を綺麗に巻いて、素敵なドレスをお召しになっている。なにより堂々としていらして、憧れていました」

クリスティーナは驚きの表情を浮かべてなにも言わないが、構わずに続けた。

「だからクリスティーナ様のようになりたいと思い、せめて格好だけでも好きにすることにしたのです」

そしてニコリと微笑むと、クリスティーナはなにか言おうとして、けれど結局言葉を呑み込む。

「クリスティーナ様、私は今まで、周囲の言葉を疑わず、私に似合うドレスはこれしかないだとか、結婚するなら身分の高い人とだとか、そう思っておりました。だけど、そんな人生、幸せじゃないと気づいたんです。私の人生だもの。両親は娘の変貌に戸惑っているけれど、自分の人生を謳歌《おうか》していると、今なら胸を張って言えます。誰になにを言われていても、私は幸せですわ」

クリスティーナが私の言葉を繰り返した。

「自分の人生を謳歌《おうか》する……」

「そうよ。今がとても楽しいのです」

堂々と主張すると、クリスティーナは深刻な表情をしてうつむいた。なにかを考えているようだ。

「なぜ、私にそんなことを言うの？」

視線を上げて、じっとこちらを見つめた彼女に、フッと微笑んだ。

「さぁ？　なぜか自分でもわからないけれど、誰かに聞いてほしかったのです」

正確には、彼女と仲良くなりたかったからだ。

しばらくすると、彼女も微笑んでくれた。

「確かに今のアーネット様は、生き生きとしていらっしゃって、少し前までとは別人のようですわ」

そう、本人だけど別人なんです。ある意味で、その発言は大当たりです。

鋭い言葉に内心、ドキリとしたが、笑ってごまかした。

「ところで、一つお願いがあるのですが――」

そうして、思い切って切り出す。

「髪を上手く巻くコツがあれば、教えてくださりませんこと？」

彼女の髪は見事なカールだ、うらやましい。私も毎朝コテで巻いているのだが、時間がかかりすぎて、もっと短縮できればいいのにと考えていた。

「ああこれは、夜はロッドを巻いて眠るのですわ」

クリスティーナは自身の巻き髪にそっと手をやりながら、教えてくれた。

なるほど、その手があったのか。早速、今夜から試してみるとしよう。

「ありがとう、クリスティーナ様。また教えてくださいね」

「私でよろしければいつでも聞いて」

そして私たちは、どちらからともなく微笑み合った。このまま彼女とは穏やかな関係を築きたいと、心から願う。


アレイス様がこの国を訪問して、一ヶ月が経った。その間、私はほぼ毎日、彼と顔を合わせている。

「さあ、次はどこへ行こうか」

にっこりと微笑みながら聞いてくるアレイス様にかろうじて笑顔で返すも、微妙に頬が引きつった。

「あれ？　どうしたの？　なんか困っている」

目ざとく気づいた彼がのぞき込んでくるが、乾いた笑いでごまかす。

この一ヶ月間で、案内する場所など、とっくに出尽くした。もう連れていく場所がないのだ。

だが、こうやっていまだにアレイス様の相手をさせられている私。しかも最近では、アレイス様みずから屋敷に迎えに来ることもある。今日も、彼は我が家へやってきていた。

客室に案内し、ソファに向かい合わせで座りながら、内心頭を抱えている。

これ以上、どこを案内するって言うのさー。ナイナイ尽くしのナイール国を見くびってもらったら困るわ。完全なるネタ切れだ。

頭を抱えているとアレイス様はクスリと笑った。

「じゃあ、今日はチェスでもしようか？」

「ルールがわかりません」

「僕が教えるよ」

正直に答えてもアレイス様は呆れたりせず、むしろ意気揚々と提案する。

「道具があるのか、わかりません。探してきますわ」

父に聞けばわかるだろうと思って立ち上がると、パッと手首を掴まれた。

「いや、城に行こうか。僕の部屋に行けばあるから」

確かに、あるかどうかもわからない道具を探して時間をかけるより、城へ戻った方が早いだろう。だが、ふと気づいた。

「アレイス様、城のお部屋に私を呼び出された方がよかったのではないですか？」

そう、どうせ一日一度はアレイス様のもとへ顔を出しているのだから、今日だってお訪ねするつもりだった。だが、今日はいつもより早い時間帯に屋敷を訪ねてきたのだ。

時々こうやって不意打ちでやってくるから、びっくりする。

「ちょっと今日は早く目が覚めてしまったからさ。迎えに来たんだよ」

サラッとこともなげなアレイス様だけど、することがないのかもしれない。よっぽどヒマなのね。

そう自分に言い聞かせながらも、なぜか顔が熱くなる。

「さぁ、行こう。美味《おい》しい焼き菓子もあるから」

うなずくと、優しく微笑んだアレイス様がスッと手を差し伸べてきたので、そっと手を乗せた。ギュッと握られた手が温かくて、妙に意識してしまう。そこから先はアレイス様の顔を見ることができなかった。

そして城へ到着すると、なにやら騒がしい。

最初は、アレイス様を出迎えるため、使用人たちがバタバタしているだけだと思った。

だが違う、不自然にざわついている雰囲気だ。皆、表情がいつになく硬く、緊張した面持ちだ。

「騒がしいな。なにかあったのか?」

アレイス様が、メイド頭に質問した。メイド頭は数秒ほどの間を空《あ》けた後、意を決したように口を開く。

「それが――」

「アレイス！」

突如、メイド頭の声が甲高い女性の声で遮《さえぎ》られる。

階段の上から聞こえた。そこから走ってくる女性がいる。

腰まで長い金の巻き毛は、ふわふわと柔らかそうだ。白い肌で、頬は赤く上気している。なにより印象的だったのは、ぱっちりとした菫色《すみれいろ》の瞳。

白いシフォンドレスの腰を飾る大きなリボンが、羽みたいにゆらめいていた。

小柄で、まるで人形のような可愛らしい女性が、満面の笑みを浮かべている。

「シャロン……」

女性の登場に驚いていると、隣に立つアレイス様が、ポツリと呟いた。

きっと知り合いで、シャロンとは彼女の名前だろう。その声を聞いた途端、なぜか心臓をぎゅっとわしづかみにされたような痛みを覚える。

「会いたかった!!」

アレイス様目がけて一直線に走ってきた女性が、そのまま彼の首に抱き付いたので、ギョッとした。思わず二人から距離を取ってしまう。

シャロンと呼ばれた女性から、ふわりと甘い香りが漂《ただよ》った。

アレイス様は首の後ろに回された手を、無言でそっと引きはがす。そしてシャロンの肩を抱き、体を離す。

「どうしたんだ、いきなり」

アレイス様の声から、ほんの少しだけ緊張を感じた。

「ふふふっ。来てしまいましたわ」

肩を揺らして笑うシャロンは、まったく悪びれた感じがない。そして、無邪気に続けた。

「だってアレイスったら、フラッと出かけて、帰ってこないんだもの。しかもナイール国にいると聞いて、驚いちゃったわ。こんな田舎《いなか》でなにをしているのかと思って」

その言葉からして、彼女はルネストン国の貴族なのだろう。さすが大国の貴族令嬢。スパッと切ってくれる。

そんな彼女をアレイス様が叱った。

「シャロン、失礼だろう」

はっきりと言ったアレイス様は、目が笑っていない。

シャロンが怯《ひる》むと、アレイス様は私に笑みを向けた。

「紹介するよ、僕の遠縁にあたるシャロンだ」

シャロンは目をすっと細めて私を見る。居心地の悪さを覚えたものの顔には出さないようにして、丁寧に頭を下げた。

「はじめまして、アーネット・フォルカーと申します」

頭を下げている間も、鋭い視線を感じ、なんだかいたたまれない。

「私はシャロンよ。アレイスを連れ戻しにきたの。いつまでも国に帰ってこないから」

はっきりと告げた彼女の言葉には棘《とげ》があった。

「ねえ、今までどこへ行っていたの？　しばらく待ったのだけど。そもそもあなたはアレイスとどういったご関係なのかしら？」

強気な姿勢を崩さない彼女が、ずいっと一歩前に出る。アレイス様ではなく私に聞いてくるあたり、完璧に警戒モードだ。

私は平静を装《よそお》い、息を深く吸って口を開く。

「私はアレイス様に国内を案内する役目を仰せつかっております」

「あなたが？」

じろじろと不躾《ぶしつけ》な視線を送ってくるシャロン。

わー、絶対気に入らないと思っているんだろうなー。言葉には出さないけど、全身から不満オーラがにじみ出ているわ。

ふいに、アレイス様が一歩前に出て、私とシャロンの間に立った。

「彼女にこの国を案内してもらっていたんだ」

私を背に庇《かば》うようにして立つアレイス様は、そうシャロンに告げる。彼女は不満そうに口を尖らせた。

「ふうん。こんなに長い時間をかけて見るような場所なんてあったかしら。ナイール国には」

痛快な嫌味をくらい、さすがに頬が引きつる。

「ああ、ナイール国の素晴らしさを堪能《たんのう》したよ」

アレイス様がフォローしてくれた。なんとなくだが、おべっかではなく、本心から言ってくれているのだと感じ、嬉しく思う。

なにもない国だけどね、自国の人間が自嘲気味に言うのはよくても、よその国の人にバカにされると面白くないのだから、不思議なものだ。

シャロンは興味なさそうに息を吐き、投げやりになって言う。

「ねえ、こんなところで立ち話するのは疲れたわ。私、長旅だったの。座りたいわ」

きっぱりと自己主張する彼女は、わがままなお姫様のようだ。

「ああ、そうだな。僕としたことが、気づかずにすまない」

アレイス様は彼女のわがままに慣れているのか、あっさりと謝罪した。

「疲れただろう。約束通り、部屋で紅茶でも飲みながらチェスを指そうか。僕が教えるよ」

アレイス様がにっこりと微笑んだ。……私に向かって。

ん？

今の台詞《せりふ》は私に言ったのか、もしや？

首を傾げたくなりつつも、曖昧《あいまい》に笑っていると、シャロンの甲高い声がエントランスフロアに響いた。

「ちょっと、なぜその方を気にかけるの？」

シャロンは面白くなさそうに唇を噛《か》みしめ、ギロリと私をにらんだ。

おお、怖っ!!

これじゃあ、可愛らしい顔が台無しだわ。

「では、部屋に下がるとするか」

使用人たちもはらはらと見守る中、アレイス様だけは普段と変わりなく、落ち着いた様子だ。

すると、それまで背後に控えていたヒューゴ様が一歩前に出て、頭を下げた。

「シャロン様、お久しぶりです。はるばる長旅、お疲れさまでした」

「ヒューゴ」

シャロンは目を大きく見開き、彼をジッと見つめた。

だがすぐに強気な態度を取る。

「あなたがついていながら、なぜアレイスは戻ってこないのよ」

シャロンの責めるような口調にも、ヒューゴ様は至っていつも通りだ。うっすらと笑みを浮かべて、メガネの端をクイッと手で押し上げながら言った。

「私の主《あるじ》はアレイス様ですので、主人の意思に従うのは当然です」

『お前の言うことなんて聞かねぇよ』という意図が感じ取れる。微笑んではいるが、背後に冷気がある。

「さあ、部屋に行こう」

アレイス様が私に声をかけてくるが、冗談じゃない。この面子《メンツ》と同じ部屋にいることを想像するだけで疲れるわ。

なので、とっさに嘘をついた。

「いえ、私は失礼しますわ。日頃の報告を兼ねて、王へご挨拶《あいさつ》をしてきますので」

するとアレイス様は一瞬、顔を曇《くも》らせる。

「では、それが終わったら来る？」

首を傾げて聞いてくるが、首を横に振った。

「いえ、今日はここで失礼しますわ。チェスはまたの機会にお願いします」

アレイス様が残念そうにしている後ろで、シャロンが勝ち誇ったように鼻で笑った。

うむ、歓迎されていないのをビシバシと感じるし、ここは早々に退散するに限る。

「では、失礼します」

笑みを顔に貼りつけ挨拶《あいさつ》をし、そそくさと退散した。そうして、王に挨拶《あいさつ》に行くと見せかけて、適当に城を歩いて時間を潰した後、その足で屋敷へ戻った。

屋敷に戻るとすぐに、父が駆けつけてきた。

「アーネット、今日はどうだった。アレイス様は満足されたか？」

毎回毎回、聞いてくることは同じ。いい加減うんざりしながらも答える。

「普段通りでしたわ」

「そうか、ついさきほど、城からの使者がいらした」

父が私に、スッと封書を差し出した。

「なんでもルネストン国から大事な客人がいらしたとかで、急遽《きゅうきょ》、舞踏会が開催されることになった」

　客人とは、さきほど会ったシャロンのことだろう。いい加減、税金使いすぎじゃないの？　心配になって尋ねると、父は首を横に振って言った。

「舞踏会は、これが最後かもしれない」

「最後ってどういうことですの」

「アレイス様はこの舞踏会の後に、国に帰られるそうだからな」

「えっ……」

　驚いて、言葉を失う。さっきまで一緒にいたけれど、そんなことは一言も言っていなかったのに。

　だが、冷静に考えれば納得がいく。

　大国の王子が、一ヶ月もよその国に滞在していたのだ。そろそろ帰国せねばならないだろう。

　痺《しび》れを切らしてシャロンが迎えに来たようだし。

　そもそも、わざわざ迎えに来るってことは、シャロンは特別な関係なのかしら？

　普通の友人だったら、迎えには来ないわよね……

　考え込んでいると父が口を開く。

「最後まで、決してそそうのないようにするのだぞ」

プレッシャーをかけられるけど、そんなことはどうだっていい。

本当に、アレイス様は帰ってしまうのか。

この一ヶ月の間、一緒に過ごした日々が脳裏をよぎった。街や教会、それにラベンダー畑。雨の日は特に外出せず、紅茶を片手に会話をして過ごす。

最初こそ緊張したものの、最近は慣れてきて、結構、楽しんでいた自分がいる。

大国の王子だというのに、気取ったところがなく、気さくな方だった。

柔らかな物腰で、気遣いのできる人。大国の権力をかさにきて威張《いば》る人では決してなかった。

変なの、私。最初はアレイス様の案内係だなんて、面倒だと思っていたじゃない。

でも今は彼が国へ帰ると聞いて、名残惜《なごりお》しいような寂しいような気持ちになっている。

どうしてなのだろう。

胸の奥に石が詰まったみたいに、気分は晴れなかった。

もやもやした気持ちのまま、舞踏会当日を迎えた。

「お綺麗ですわ」

「ありがとう」

エミリーに手伝ってもらい、支度を整える。

今日着るのは大人びた葡萄酒《ぶどうしゅ》色のドレス。黒いレースで縁《ふち》を飾り、スカート部分にはたっぷりとドレープを取ったそれは、胸元にパールが縫い付けられた上品なデザインだ。

髪は丁寧に巻き、目元を強調するように化粧を施《ほどこ》した。鏡を見ると、いつも以上に気合を入れた姿が映る。だけど、なぜか心が浮かない。変なの、今までだったら着飾るだけでも気分が上がっていたのに。

深いため息をついた後、ドレッサーの前から立ち上がった。


会場である城へ到着し、重厚な門と広大な庭を通って馬車を降り、色とりどりの薔薇《ばら》が咲き誇る庭園を抜ける。

城内に足を踏み入れてすぐ、ヒューゴ様が迎えてくれた。

アレイス様の部屋へ案内され、扉をヒューゴ様が開けると、アレイス様が椅子に腰かけている。

「やあ、アーネット、今夜は特別綺麗だね」

「ありがとうございます」

お礼を言った時、ふと気づく。

「どうかなさったのですか？」

アレイス様がどことなく疲れているように感じたのだ。眉根を寄せて困った顔をしているし、顔色があまりよくない。

「顔色がお悪いです」

「心配してくれるの？」

ちょっとだけ首を傾げてアレイス様は微笑んだ。

「休めるのなら、休まれた方がいいです」

ソファをすすめると、彼は大人しく腰かけた。そして隣の空《あ》いている場所に視線を向ける。

「君も座りなよ」

促《うなが》されるがまま、腰かけた。

隣にいるアレイス様の体温を感じて、落ち着かない。

その時、肩に重みがかかり、フワッと爽《さわ》やかな香りが漂《ただよ》った。

横を見ると、アレイス様が肩にもたれかかっている。

驚くと同時に、自分の心臓の音が聞こえやしないかと心配になった。

アレイス様は目を閉じたまま、呟く。

「ごめん、ちょっとだけ」

大人しく肩を貸すと言うより、硬直している。緊張のあまり背筋が伸びて、汗が出てきた。

顔を少しずらし、そっとアレイス様を見る。

長いまつ毛に、すっと通った鼻筋。くすみのない、きめ細かい肌。

つくづく端整な顔立ちの人だと、感心する。

秘かにじっくり観察していると、アレイス様の唇がゆっくり動いた。

「――国へ戻ることになった」

聞いた瞬間、胸の奥に痛みを感じ、呼吸が苦しくなる。だけど、それを悟られたくなくて、平静を装《よそお》う。

「父の具合が悪いらしいんだ」

「えっ!?」

思わず声が出てしまった。するとアレイス様は、ゆっくりと瞼《まぶた》を開ける。

「父は持病があるんだ。またその発作が起きたらしい」

心配になるけれど、私よりも彼の方がもっと心配だろう。

「大丈夫だと思うから、そんなに心配しないで。あと、この件は他言しないでほしい」

確かに大国の王が体調を崩したことが広まってはいけない。混乱を招くからだ。

だけど、なぜ私には話してくれたのだろうか。

「それでアーネット。前にも聞いているけど……」

アレイス様はようやく身を起こす。肩から重みがなくなり、彼と向き合う姿勢になった。

アレイス様は体を私の方へ向け、ジッと見つめてくる。

「一緒にルネストン国へ来ないか？」

驚きに、目を見開いた。

「それはどういう意味で……？」

「そのままの意味だけど？」

それじゃ答えになっていない。この手口はずるい。

「僕について――」

彼がなにか言いかけた時、扉の外がうるさいことに気づいた。誰かが言い争っているみたいだ。アレイス様と二人で目を合わせて、耳を澄ます。

『いいから、開けなさいよ』

『それはできません』

くぐもった声はヒューゴ様のもので、相手は女性らしい。彼にこんな物言いをする女性は一人しかいないだろう。アレイス様も誰が来たか気づいたのか、深いため息をつきつつ、立ち上がった。そして扉へ歩いていく途中で、ピタリと立ち止まる。

彼は振り返り、ソファに座る私へ視線を向けた。

「この話はまた後で」

それだけ言うと、扉にそっと手をかける。

扉を開いた瞬間、言い争っていたヒューゴ様とシャロンの姿が視界に飛び込んできた。

「アレイス!!」

嬉しそうに頬を染めて、シャロンがアレイス様の名前を呼ぶ。

その横で、ヒューゴ様がうんざりしたようにメガネの中央を指でクイッと押した。

「早く行きましょう。エスコートしてくださらない?」

シャロンはアレイス様の疲れた様子にも構わずに、手を差し出す。そして部屋に視線を投げ、私に気づくと嫌そうな表情に変わった。

わかりやすいなぁ、おい。

苦笑しつつ、スッと頭を下げた。

「ちょっと、なぜアレイスの私室にあなたがいるのよ。おかしいんじゃない?」

案の定、鋭い目つきで私を糾弾《きゅうだん》してくるものの、アレイス様はシャロンの肩をぐっと抱き、彼女が部屋に入ろうとするのを阻止した。

「用事があって呼んだ。さあ、会場へ行こう」

それでもなにやら言いたげだったシャロンだが、横目で私を見た後、アレイス様の腕に手を絡めた。

「ええ、行きましょう」

私に見せつけるかのように鼻で笑い、勝ち誇った表情をする。

アレイス様は笑みを浮かべ、彼女を引き離した。

「ヒューゴ、お前がシャロンをエスコートしてくれ」

「ちょっと、なぜヒューゴなのよ」

すかさず文句を言うシャロンに、ヒューゴ様は心底嫌そうに顔を歪《ゆが》め、皮肉な笑みを見せた。

「では、仕方ないので、エスコートいたします」

いかにもやる気のない仕草で、ペッと手を差し出す。

「相変わらず失礼な態度ね」

シャロンはプリプリと怒って頬を膨らませながらも、サッとその手を取った。

あんなに仲が悪そうなのに、大人しく言うことを聞くのだなと不思議に思う。

「僕たちも行こう」

アレイス様が声をかけてきたが、小さく首を横に振った。

「先に行ってください」

今夜の主役はアレイス様とシャロンだ。部外者の私が一緒に登場してはいけない気がする。

アレイス様は残念そうに表情を曇《くも》らせたが、すぐに気を取り直し、笑みを浮かべた。

「では先に行っているから」

「はい」

扉がパタンと閉まる音を聞くまで、笑顔で見送る。

誰の姿も見えなくなったところで、いったんソファに腰かけた。そしてじっくり考えてみる。アレイス様が一緒に国へ来ないかと言った意味を――

決してからかっている風ではなかった。だからこそ私も頭を悩ませている。

でも言われてはっきりと実感した。

私、彼と離れたくない。

そもそもアレイス様が国に戻ったら、彼の立場もあって、そう簡単には会えないだろう。

それってすごく寂しいことじゃない――

考えていると、どんどん気持ちが落ち込んでくる。だけど、いつまでも部屋で暗くなっているわけにはいかない。今日は舞踏会なのだから。

スッと立ち上がると、部屋を出た。


アレイス様にあてがわれた客室から広間までは、結構な距離がある。ほのかな明かりの灯る廊下を一人で歩いていた。

曲がり角にさしかかった時、目の前に誰かがスッと現れる。

「きゃっ!!」

飛び上がらんばかりに驚いて、大きな悲鳴を出した。

「アーネット。僕だよ」

暗がりから現れた人物が声をかけてくる。その呑気《のんき》な声が聞こえた途端、相手に怒りが湧いた。

「ライザック様、どうされたのですか？　広間はこちらではありませんわ」

冷たく答え、そのまま彼を放置して広間へ向かおうとする。

「待ってくれ」

手首をガシッと掴まれギョッとするが、気丈に言い放つ。

「離してください」

だが、ライザックは鼻で笑った。

「冷たいな。あんなに心を交わした仲だというのに、君はいったいどうしてしまったんだい」

ざわわわわーっと、背中に悪寒が走る。心を交わしたことなど、一度もない。

「僕はまだ、納得したわけじゃない!!」

この期に及んで、またなにを言い出そうとしているの、この男は。そもそも前回、はっきりきっちり振ったつもりだったのに、何度言ってもわからないらしい。

「手を離してください」

話し合っても無駄だと思ったので、再度冷たく告げた。

「君という女性は――」

ライザックの声は震えている。よく見れば、肩も小刻みに震えていた。

あっ、やばいかも!!　変なスイッチ入れちゃったかも。

「もうあの大国の王子へ乗り換えたのか!!」

今のライザックとまともにやりあっても、話が通じるとは思えない。しかも悪いことに、人の気配がなく、二人きりだ。

この状況にはさすがに焦りを感じ、手を振り払った。

「急いでいるので失礼します！」

ライザックの舌打ちが、廊下に響き渡る。

広間を目指し、ライザックから逃れようと足を速めると、背中に声がかかった。

「僕は絶対にあきらめない!!」

怖っ!!

なにこれ、本当、やばいんですけど!!

心臓がばくばく音を立てている。ライザックが追いかけてきそうな気配がして、気づけば走っていた。

やがて、舞踏会場から音楽がかすかに聞こえてきて、ホッと安堵する。

走ったせいで、どこか乱れていないか心配になる。ドレスのひだを手で撫《な》でつけていると、背後から人の気配を感じた。

ライザックが来たの!?

バッと振り返るが、そこにいたのはライザックではなく、安堵の息を吐き出した。

「アーネット様、ごきげんよう」

そこにいたのはクリスティーナだった。私の様子を見た彼女は、怪訝《けげん》そうに首を傾げる。

「どうかなされましたの？　顔色が悪いわ」

今、あなたの婚約者から必死に逃げてきたんです。

そう言いたかったが、言えるわけがない。

曖昧《あいまい》に笑いながら、視線を逸らす。

「いえ、大丈夫ですわ」

「そうですの」

うなずいたものの、クリスティーナは納得していない様子だった。

「ちょっと、お待ちになって」

そう言って、そっと手を伸ばし、私の髪に触れる。そして丁寧な仕草で髪型を直してくれた。

「髪が少し乱れていますわ、素敵な髪型ね」

クリスティーナが褒《ほ》めてくれたので、嬉しくなった。

「ありがとう、クリスティーナ様」

ふんわりと微笑む彼女の印象は最初の頃よりも、ずっと柔らかい。棘《とげ》が抜けた感じだ。

そこで改めて彼女を視界に入れる。大きく胸元と背中が開いたネイビーのドレス。細い腰をぎゅっと絞り、レースのひだが幾重《いくえ》にも重なっている。髪を一つにまとめ、高く結い上げていて、とても素敵だ。

「クリスティーナ様も、今日は一段と素敵なお召し物ね」

正直に感想を述べた。

いつもの彼女なら、凛《りん》として堂々とした口調で礼を口にするはずだ。

だが、今回は違った。

「そうかしら……」

ふっと意味深に微笑した顔は、悲しげに見える。

「どうかなさったのですか？」

今度は私が聞く番だった。するとクリスティーナはせきを切ったように話し始める。

「本当は、こんな露出の激しいドレスは着たくない。だけど、父がライザック様の気を惹くために必死になっているの。少しでも目立つドレスを着て、ライザック様の隣にいろと……」

とても似合っていると思うが、彼女は納得していないらしい。

「私、背が高いせいか、どうしても目立つでしょう。だからこそ堂々としていればいいというのが、父の考えよ。可愛いドレスは私には似合わないだろうし、しょうがないのだけど……」

投げやりな発言を聞いた瞬間、私の中でなにかが目覚めた。

「そんなことないわ!!」

気づけば大声で叫んでいた。続けて早口でまくしたてる。

「クリスティーナ様はとても美人だし、どんな格好をしたって似合うはずよ。可愛いドレスが似合わないなんて、誰が決めたの？　着てみなければわからないじゃない。それに、自分の好きな格好をしていると、気持ちが違うわ。自分が望めば、変われるのよ」

クリスティーナがポツリと呟いた。

「……性格まで変わられた気がするわ」

「それは自分に自信がついたのです」

はっきり言い切り、唖然としているクリスティーナの両肩を両手でグッと掴んだ。そして目をじっと見つめた。

「クリスティーナ様、あなたはとても綺麗よ。それにライザック様の気を惹きたいと言っていたけど、それはあなたの本心？　彼のことが好きなの？」

するとクリスティーナは静かに首を振る。

「いいえ、好きじゃないわ」

その言葉を聞き、本当に嬉しくなった。ここまで聞けたなら、もう十分だ。

彼女ほど魅力的なら、あんな男にこだわる必要ないない!! もったいないわ。

「じゃあ、自分のやりたいことをなさってみてはいかが? ライザック様やご両親のことは抜きで考えて。自分のことを優先するの」

彼女は頭のいい人だから、後は自分で考えるだろう。

変わる、変わらないは、彼女自身が選ぶことだ。無理強《むりじ》いはできない。

彼女は目を見開き、じっと考えているようだった。

クリスティーナの肩を、軽くポンと叩く。

「――先に行っていますわ」

にっこりと微笑むと、広間へ足を向けた。

華やかな雰囲気に包まれた広間は、着飾った人々でごった返していた。中心となっているのはアレイス様で、人々が取り巻き、輪を作っている。

やっぱり、帰ってしまうんだよね……

もとはといえば、住む世界の違う人。私はなにを期待していたのかしら。

自分自身に言い聞かせるも、気になって仕方がない。気づけばワイングラスを片手に、チラチラと彼を見ていた。

彼に視線を送っているのは私だけではない。貴族の令嬢はおろか、男性まで羨望《せんぼう》の眼差しを送っている。

そっと瞼《まぶた》を閉じて息を吐き出すと、アレイス様に背を向けた。今日は目立たないように隅にいよう。

そして広間の隅で壁に寄りかかっていた時、ヒューゴ様の姿が見えた。誰かを探しているらしく、キョロキョロと辺りを見回している。

つられて周囲に視線を巡らせていると、彼と目が合った。ヒューゴ様は目を見開き、微笑みながら近づいてくる。

「探しましたよ、アーネット様」

「ヒューゴ様、どうなされたのですか？」

「いえ、アレイス様がアーネット様の姿が見えないと心配していらしたのです」

いや、意図的に目立たない場所にいたんです。ヒューゴ様が探していたのが私だったとは、申し訳ない。

「ごめんなさい」

「いえ、謝る必要はないですよ」

ヒューゴ様は片手を上げて、首を横に振った。

「アレイス様がみずからお探ししたかったようですが、今は身動きが取れない状態ですので、私が代わりに申し出たのです」

ヒューゴ様の言葉を受け、アレイス様に視線を向ける。

彼は国の重鎮《じゅうちん》たちと会話をしていた。端整な顔立ちに柔和な笑みを浮かべ、ずっと年上の相手にもそつなく対応している。

「本当に、すごい方なのですね」

ぽつりと呟くと、ヒューゴ様はゆっくりと顔をこちらへ向けた。

「お二人とも、もうすぐ帰ってしまわれるのですね」

「それは……」

ヒューゴ様は言いよどんだ。

「いえ、ごめんなさい。ヒューゴ様に聞くことではないですね」

そうだ、さっきアレイス様の口から聞いたばかりじゃないか。それにヒューゴ様がベラベラ話すとは思えない。一人で納得してうなずいた時、いきなり両手を取られた。

「それは、アレイス様のことを気にかけていらっしゃると取っても、よろしいですか？」

熱意のこもった目で見つめられ、固まってしまう。

「えっ、あの、それは……」

視線を逸らして、しどろもどろになる。

「正直に教えていただきたい!!」

「ちょっ、ヒューゴ様、鼻息が荒いです」

なにこれ、キャラが崩壊しているんですけど。

いくら広間の隅とはいえ、人々の注目を集め始めていることに気づき、私は焦った。

「あの、ヒューゴ様、声が大きいです」

おずおずと指摘したら、我に返ったようだ。

ヒューゴ様はすぐに手を離し、メガネの真ん中を指でクイッと押した。

「大変失礼いたしました。私としたことが、取り乱してしまいました。すみません」

その場で深々と頭を下げる彼は、いつもの冷静さを取り戻している。

いったい、どうしちゃったんだろうと思いつつも、胸を撫《な》で下ろした。

そして、ふと広間の中心へ顔を向けると、アレイス様と目が合う。

頬を引きつらせながらも、なんとか微笑みかけるが、彼は無表情で、じっとこちらを見ていた。

あれ、気づいていないのかしら？　もしや私の勘違い？

不安になっていた時、シャロンの姿が視界に入った。

それも、なぜかこちらへ向かってくる。

早足でズカズカと側まで来ると、持っていた扇子《せんす》で、ヒューゴ様の胸元をパシッと叩く。

「なにをなさっているのかしら、ヒューゴ。みっともなくてよ。ルネストンの男性は礼儀がなっていないと噂《うわさ》されては困るじゃないの」

そして、嫌味をたっぷりと交ぜた言葉を放った。

「失礼しました」

今回はさすがにヒューゴ様も、素直に頭を下げ、いつもの嫌味の応酬はなかった。

「まったく、恥ずかしいことだわ」

シャロンもヒューゴ様をやり込めたことで、優越感を抱いているかと思いきや、本当に怒っているらしく、表情が硬い。

じっと見ていると、シャロンと目が合った。

「あなたも隙があるのではなくて⁉」

怒りの矛先が私に向かってきたが、それは完全なる八つ当たりだと思うのですが‼

「人目もはばからず手を握り合うなど、未婚の女性がしてはならないことです。この国の常識はわかりませんが、少なくとも我が国ではそうですわ」

田舎《いなか》の国は作法が違うとか思っているんだろうか。

だが、ここは逆らわず、静かに頭を下げるのみだ。

なにを言ったところで、逆手にとられて嫌味を言われそうだからだ。怒っている相手に下手な言い訳をすれば、火に油を注ぐ。

「すみません」

気持ちのこもってない台詞《せりふ》を聞いて、シャロンはやっと満足したようだ。

「では行くわよ」

シャロンがヒューゴ様に顎《あご》で命令すると、ヒューゴ様は私と向き合った。

「大変失礼な真似をしてしまったことを、改めてお詫び申し上げます」

「いえ、そんな気になさらないでください」

私が再度の謝罪を受け入れたところで、二人は広間の中央へ戻った。

なんだったんだろう、あれは。

さきほどヒューゴ様がなぜ豹変したのか気になりつつも、また広間の隅で過ごした。

そして舞踏会の盛り上がりが最高潮を迎えた時、王が声を張り上げる。

「皆のもの、聞いてほしい。ながらく滞在していただいたアレイス王子だが、帰国されることが決まった」

王の発言を聞いた途端、心が沈んだ。

ああ、やはり決定事項なのだ。広間にいる令嬢たちも同じ気持ちだったらしく、一気に空気が重くなる。ため息があちらこちらで聞こえた。

そこでナイール国王は周囲をグルッと見回した後、ゴホンと咳払いをし、意を決したように口を開く。

「それで、アレイス王子、我が国と取引していただけるのでしょうか？」

おおっと!!

王がいきなり核心をついた!!

だが、緊張しているらしく、額《ひたい》には汗がにじんでいる。無理もない。王もこの国を経済的に発展させ、『ナイナイ尽くしのナイール国』という汚名を返上したいのだ。

アレイス様はややうつむき、考える仕草を見せてから、顔を上げた。

「ああ、考えている」

一言だけ告げると、広間から歓声が上がる。

「取引していただけるということで、よろしいのでしょうか!?」

まさに、『聞いたぞ、逃がさないからな!!　この場にいる皆が証人だぞ!!』という勢いの王だ。

アレイス様は力強くうなずいた後、はっきりと告げた。

「ああ、とても価値のある取引になる。ナイール国にとっても、私にとっても」

その声を聞いた途端、広間中から大歓声が湧き上がる。

ただ一人、シャロンだけは納得いかないと言わんばかりの顔をしている。

「バカみたい。この国となにを取引したら、我が国の得になるっていうのよ。目ぼしいものもない、ナイール国のくせに。我が国が大損するに決まっているじゃない。アレイスはなにを考えているのかしら。いつもは頭が切れるのに」

立腹した様子のシャロンが、辛辣《しんらつ》なことを口にした。

まあね、私もそう思う。

貴重な鉱山物を持つルネストン国が、ナイール国と取引をして、なにか得があるのかしら？

「では、我が国からは、どういったものをお渡ししましょう？」

あまりにもあっさり取引に応じてもらえたものだから、王が不安になるのもわかる。

おずおずと顔色をうかがうように尋ねた王に、アレイス様はニコッと微笑む。

「それは私にとって、とても大切なものだ」

「と、申しますと？」

王の目がランランと輝いていた。我が国の王ながら必死だ。

「それは帰国する時に告げる」

「ですが、こちらとしても準備などが必要かと」

「いや、用意といっても、そう難しくない。帰国する時に告げよう」

アレイス様の態度は堂々としていて、それ以上は追及できない雰囲気だった。

「今夜はまず、舞踏会を楽しもう」

アレイス様の一言で、中断されていた舞踏会が再開される。

彼は私へ視線を向けると、にっこりと微笑んだ。

そのまま、こちらに歩いてくる。周囲の人々は道をあけ、アレイス様はすぐに到着した。

「アーネット、踊らないか」

スッと差し出された手を見て躊躇《ちゅうちょ》したが、断るわけにはいかないと、手を取る。ギュッと握られた手から温もりを感じて、胸が熱くなった。

ああ、もうすぐ帰ってしまうのね――

これが最初で最後のダンスになるのかもしれない。

複雑な気持ちで顔を上げると、彼は美麗な顔で微笑んでいる。

アレイス様はきっと、帰国することが寂しくないのね。少しでも悲しいと思っていたら、こんな風に笑えないもの。

気持ちの温度差を感じて切なくなるが、悟られてはいけない。沈んだ態度を見せては、迷惑になる。

せめてダンスを踊っている間は、この気持ちを抑えようと思い、無理やり笑顔を作った。

「どうぞ、お手柔らかに」

にっこりと微笑むと、彼も微笑んだ。

彼の巧みなリードに乗って踊り始める。踊っている間も、人々の目を感じた。チラリと周囲に視線を巡らせると、皆が羨望《せんぼう》の眼差しを向けている。

そんな時、珍しい組み合わせの二人が広間の隅で会話しているのが視界に入った。ライザックとシャロンだ。ライザックが深刻そうな表情でなにかを話し、うつむき気味のシャロンは静かに聞いている様子。おおかた、ライザックのおしゃべりにシャロンが捕まってしまったのだろう。

「どうかしたの、アーネット。なんだか上の空だけど」

アレイス様に問いかけられ、力なく微笑んだ。笑顔でいたいと思っていても、なかなか難しい。

「いいえ、少し人の多さに酔ったみたいです」

「大丈夫かい？」

心配そうな眼差しを向けられるも、まさかアレイス様が帰ってしまうからしょげているんです、なんて言えやしないので、曖昧《あいまい》に笑い、大丈夫だと告げる。アレイス様は真面目な顔になり、言った。

「さきほどの話の続きをしたいと思っているんだ」

アレイス様は周囲を見回した後、ため息をつく。

「でも、ここでは落ち着かないから、後で」

それだけ口にして、フッと微笑む。優しげな眼差しを向けられ、頬が紅潮すると同時に、切なくなった。彼ともうすぐお別れだと思うと、じわじわと悲しみが襲ってくる。だけど今は泣いちゃダメ。自分自身に言い聞かせながら、結局、ダンスを三曲も踊った。高いヒールを履《は》いて踊ったので、足がガクガクしている。

踊り終えたところでアレイス様に礼を言い、そっとその場から離れた。

最後の舞踏会だもの。あまりアレイス様を独占していてはいけない。

少し熱を冷まそうと思い、バルコニーへ出た。アレイス様は人々に囲まれ忙しそうだ。令嬢たちも『最後の想い出に』と、彼にダンスを申し込んでいた。最後の最後にチャンスが巡ってくるかもしれないという、女性たちの意気込みを感じる。

帰るまでに、二人で話せる時間が少しでも取れるといいのだけど。

そこでふと気づく。

私は彼と話したいの？　それはどうして？

もやもやした感情が湧き上がり、顔を上げた。夜空には星が輝いている。

なにもないナイール国だけど、この星空は格別に綺麗だわ。ルネストン国にだって、星空の美しさは負けていないかもね。

この綺麗な星空を、アレイス様に今すぐ見せてあげたいと思った。

きっと彼なら、一緒になって感動してくれるはず。

だが、彼は広間で皆に囲まれている。彼自身が明るく周囲を照らす、まるで太陽みたいな方だ。

一緒に夜空を見る夢は叶いそうもないと思うと、涙が一筋頬を伝う。

それは、アレイス様に恋をしているのだと、自分の気持ちを認めた瞬間だった。

大事な取引の鍵を握っている大国の王子だからとか、そんなのは関係ない。彼の側についで国内を回るのは、とても楽しかった。

だけど、もう会えなくなるなんて——そんなのは嫌だ。

涙があふれそうなのをグッと堪《こら》えていると、背後に人の気配を感じた。

振り返ると、そこにいたのはシャロンだ。

「探したわよ」

不機嫌な雰囲気を隠そうともせず、ぶっきらぼうに言い放った。

「なにか、ご用ですか？」

シャロンが私に用事なんてあるのだろうか。そう思いつつも尋ねた。するとシャロンはジッと私を見つめた後、面倒くさそうに吐き出す。

「この城の二階の角部屋に行き、そこで待っててくれ、って伝言よ」

「えっ……」

「今、抜けられないから」

シャロンが視線を投げた先は、広間の中央で大勢の人に囲まれているアレイス様だった。アレイス様が彼女にそんな伝言を頼んだことにも、私を敵視している彼女が素直に伝えてきたことにもびっくりだ。

「ありがとうございます」

胸の奥が熱くなり、礼を口にすると、シャロンは興味なさそうにそっぽを向いた。

「早く行けば？」

「ええ」

彼にこの気持ち、伝えよう――

唐突にそう思った。

想いを自覚するのが遅かった。だが、伝えないまま彼が自国へ帰ってしまったら、絶対後悔する。次はいつ会えるのか、わからない。いや、もう会えないかもしれない。

だからこそ、自分の気持ちを伝えたい。

もう、後悔する人生は送りたくない。

自分を変えたいと、ドレスもメイクも髪型も変えた。だが結局は、自分自身の中身が変わらなければ、意味がない。

自分を変えられるのは、自分だけだ。

意を決して、バルコニーから歩き出した。

シャロンの横を通り過ぎようとして、ふと足を止める。視線をゆっくりと彼女へ向け、微笑んだ。

「伝言、ありがとうございます」

照れくさいけど、素直に礼を口にし、バルコニーから抜け出した。

シャロンはそっぽを向いたので、その表情まではわからなかった。

広間を通り、扉を開け、広い廊下を一人で進む。

シャロンから教わった通り、二階の角部屋を目指した。

あ、ここね。

重厚な造りの大きな扉の前に立ち、一応ノックをしてみるが、返答はない。静かに扉を開けると、中は暗かった。

本当にこの部屋で合っているのかしら？　恐る恐る足を踏み入れ、扉を閉めると、案の定、なにも見えない。やはりもう一度、廊下に出て確認しようとした時、シャンデリアが輝きを灯した。光が目に入り、まぶしいと思ったと同時に、背後から急に誰かに抱きしめられて、悲鳴が出そうになる。

だが、口を手で押さえられ、声を出すことができない。

心臓がバクバクいって、全身に鳥肌が立った。

そして感じたのは、やけに甘ったるく、きつすぎる香水の匂い。

その匂いを嗅《か》ぎ取った瞬間、嫌な予感が脳裏を駆け巡り、冷水を浴びたように震え出した。

「シッ、僕だよ」

やっぱり、お前かぁぁぁぁぁ!!

今、一番聞きたくない声がして、絶望に襲われる。

口を押さえられているので、声が出ない。ならば——

「痛《いた》っ!!」

私は力任せに、ライザックの手に噛《か》みついてやった。案の定、手が緩んだので、その隙に距離を取り、背後を振り返る。

「なにをなさるのですか、ライザック様！」

対面した相手をにらみつつ、大声で糾弾《きゅうだん》した。

「ひどいよ、アーネット」

歯型のついた右手を振りながら、ライザックが私を非難するが、それはこっちの台詞《せりふ》だから。

「ひどいのはどちらかしら？　なにをしているのですか？」

「なにをって？　僕は自分の私室にいただけ。そうしたら君が遊びに来てくれたんだ。違う？」

「えっ……」

ライザックの私室……？

確認しようと部屋の中を見回すと、壁に飾られたタペストリーは変な柄で、床に敷かれている絨毯《じゅうたん》は、なぜか蛍光色《けいこうしょく》。

ちぐはぐな家具に、センスのない小物たち。

部屋の全貌《ぜんぼう》を見て、サーッと血の気が引いた。

この趣味の悪い家具の数々は、ライザックの部屋確定じゃない!!

間違いないと確信を持つと、気を確かに保とうと、背筋を正す。

「失礼しました、お部屋を間違えました」

丁寧に頭を下げ、そのままフェードアウトするしかないわ。よし、いっちょ、行くか。

内心の動揺をひた隠しにし、慌てず騒がず、冷静にと自分に言い聞かせた。

「――待って」

急に詰め寄られ、背後から手首を掴まれる。その瞬間、心臓が口から飛び出そうになった。

「もう少し、ゆっくりしていったらどうだい?」

「いえ、結構ですので」

顔を近づけてくるライザックと、わざと視線を合わせずに答えた。気のせいか相手の鼻息が荒い気がする。

「そんなこと言わないでさ。せっかく二人になれたんだから」

いや、彼の鼻息が荒いのは気のせいじゃない。

「だって、フガフガと音を立てているし、私の額《ひたい》あたりに息が当たるもの！」

「だって、君の方から僕の私室に遊びに来てくれた。そうだろう」

「違います!!　遊びになんて――」

そこで、はたと気づく。

ライザックの部屋にいるこの状況。誰が見ても、私が自分から来たと思うに違いない。

もしや、私、はめられたの!?

やっと思い当たり、悔しさで唇を噛《か》みしめる。

バカだ、私を敵視しているシャロンが、わざわざ伝えに来た時点で気づくべきだった。

深く考えもせず、アレイス様に告白しようだなんて、その場の勢いで決めてしまうから、こうなるのだ。

「ねえ、皆がこの場面を見たら、どう思うかな？　アーネットが僕の部屋を訪ねてきている状況で、しかも、なにかの最中だったとしたら？　そしたらもう、君は僕から逃れようなどと思わないよね？」

ゲームの爽《さわ》やか王道ヒーローは、もうそこにはいなかった。

いるのは鼻息の荒い、一人のオスだ。

絶体絶命のピンチ!!

ライザックは掴んだ私の手首にグッと力を入れると、そのまま引っ張った。

「い、嫌!!」

そして部屋の隅へ進もうとする。

引きずられそうになるが、足を踏ん張った。

だってその先にあるのは、人が三人ほど眠れそうなレースの天蓋《てんがい》つきのベッド。レースの色は紫色で悪趣味極まりない。

「手を離して!!」

こうなったら、精一杯抵抗してやる。噛《か》みついてでも、暴れ回ってでも、ライザックの好きになんてさせるものか!

手足をばたつかせ、ライザックの体を押しのけ、距離を取ろうと試《こころ》みた。だが、ライザックは抵抗をものともせずに、ぐいぐいと迫ってくる。男女の力の差を感じた。

ライザックは私の後ろに回ると、背後から腰を掴んだ。

「嫌、やめて!!」

そのままベッドへ直行しようとするので、無我夢中で手を振り上げた。そして机上にあった花瓶を掴む。それを振り回していると、ガツッ! と、手ごたえがあった。

するとさ頭を押さえ、ライザックがうずくまる。

しめた、今だわ!!

よろよろとよろめきながら、私は扉へ向かった。

こんなところで、ライザックのいいようにされてたまるものか。

だってまだアレイス様に、自分の気持ちを伝えていない。彼の顔が脳裏に浮かぶと、じんわりと涙がにじんだ。国内を案内して回るうちに、どんどん惹かれていったこと。彼と一緒にいる時間が楽しくて、かけがえのないものになっていたこと。なにより、優しいアレイス様を好きになってしまったこと。

国に帰る前に、もう会えなくなってしまう前に、この気持ちをどうしても伝えたい。

ライザックの相手をしている暇はない、早く逃げなきゃ——

だが、足首をグッと掴まれ、バランスを崩し、その場で転んだ。

「君にはお仕置きが必要だということが、よーくわかったよ」

私に馬乗りになるライザックは怒りの形相で、目が爛々《らんらん》と輝いている。そのまま私の両手首をひねり上げ、頭上でやすやすと一つにまとめた。

「痛《いた》っ」

がっちりと押さえられた手首の痛みと重みで恐怖が増す。かつてないほど荒い鼻息がかかり、上からのぞき込まれた時、涙がこぼれ落ちた。

　こんなルートは最悪だぁぁぁ!!　絶対に嫌だ!!

「た、助けて、アレイス様!!」

　声をふりしぼると、ライザックが激昂《げっこう》する。

「あんな男のどこがいい!!　僕がいるじゃないか。君に相応《ふさわ》しいのは、この僕――」

　すべて言い終わらないうちに、私の体にかかっていた重みが消え、フッと楽になった。

　続いて大勢の足音が聞こえてくる。瞼《まぶた》を開けると、涙でぼやけた視界に吹っ飛んで横になっているライザックの姿が入ってきた。

「アーネット!!」

　状況を把握できない私の頭上で声が聞こえ、体をびくりと揺らす。聞き慣れた声におずおずと顔を向けると、真剣な表情のアレイス様がいた。

　その名を呼ぼうと思っても、口がパクパクと開くだけで、言葉にならない。彼が膝をつき、私の体をグッと引き寄せ、抱き起こす。

「よかった、もう大丈夫だ」

　そっと背中をさすられ、手の温もりを感じて、わんわんと声を上げて泣いてしまった。

　アレイス様の首に抱き付き、ギュッと抱きしめる。甘さの中に爽《さわ》やかさも感じる香り。

ああ、これが私の好きな香りだ。

「怖かっただろう」

アレイス様が助けに来てくれた、今の私にはそれだけで十分だった。

「うっ……」

床に転がるライザックがうめいた時、アレイス様の表情が変わる。

彼が背後に控えていたヒューゴ様にサッと視線を投げてすぐ、ヒューゴ様はそっと私の側に近寄って言葉をかけてくれた。

「もう大丈夫ですから」

だが声にならず、しゃくり上げていると、扉の陰に人影が見えた。その人物は私と目が合うと、サッと姿を隠す。あれはシャロンだ。

一方、アレイス様は私を抱いたままライザックをにらむ。

「ナイール国の王子は、女性に無理強《むりじ》いするのが趣味か」

侮蔑《ぶべつ》が含まれた低い声。

「いや、それは違う。私たちは想い合っている!!」

この期に及んで両想いだと主張するライザックの思考回路は理解不可能だ。もっとも、わかりたくもないけれど。

「黙れ」

アレイス様の冷たい声が周囲に響き渡る。その気迫に押され、息を止めて彼を見つめた。さらに続いた言葉で、涙が引っ込んだ。

「よく聞け。お前が手を出そうとした相手は将来、ルネストン国の王妃となる女性だ」

それは誰のことなの？

目を瞬《しばた》かせていると、アレイス様がゆっくりと私に視線を向けた。

ドキッとした瞬間、アレイス様は優しく微笑んだ。

「アーネット、単刀直入に言う。僕の国へ来てほしい」

驚きで目を見開く私に、彼は続けた。

「この変態王子のいる国に残っては、なにをされるかわからないだろう」

はっきり言い切ると、床に尻もちをついたままのライザックの頬が引きつる。

「お言葉ですが、私は変態では――」

「黙れ」

弁解の言葉を遮《さえぎ》られ、ライザックは縮こまった。

「シャロン、来るんだ」

アレイス様は扉の方を見もせずに、冷たくシャロンを呼ぶ。

扉の奥からチラチラとこちらの様子をうかがっていたシャロンだったが、アレイス様に呼ばれ、観念したようだ。すごすごと所在なさそうに姿を現した。

「なぜこんなことをした？」

シャロンは肩を揺らし、唇を噛《か》みしめた後、やっと答える。

「わ、私は、ただ『呼ばれている』と伝えただけ。それを勝手にアレイスからの伝言だと勘違いした彼女が悪いのよ」

「この期に及んで言い訳は聞いていない」

一言でぶった切ったアレイス様に、シャロンは肩を震わせうつむいた。

アレイス様は再度扉の方へ視線を向け、声をかけた。

「入ってきてくれ」

そこから姿を現した人物に、私は目を見張る。

凛《りん》と気高いたたずまいのクリスティーナは、いつも以上に無表情だ。

「彼女が教えてくれたんだ。シャロンとライザックが接触した後、アーネットが二階に向かったと」

「クリスティーナ様……」

名前を呼ぶと、彼女はゆっくりうなずき、口を開く。

「広間の隅で休んでいたら、偶然お二人の会話が耳に入ってきました。どうにかして、アーネット様と二人になりたいと相談するライザック様と、シャロン様のお声が。迷ったけれど、聞いた瞬間、嫌な予感がして、知らない振りはできなかったのです」

「ありがとう、クリスティーナ様」

心の底から感謝の意を告げると、クリスティーナは背筋を真っ直ぐに伸ばしたまま答えた。

「誤解しないで。私はただ、こういうやり方が嫌いなだけ。前にも言ったと思うけど」

そしてツンとそっぽを向くけれど、頬が少しだけ赤い。

この、素敵なツンデレさん!!

彼女の機転のおかげで助かったのだ。感謝してもしきれない。

「そして、私は私で、やり残したことがあります」

クリスティーナは息をスウッと吸い、ツカツカと部屋の中へ進む。そして、床に座り込むライザックの前で膝を折り、視線を合わせた。

「ライザック様」

「クリスティーナ」

ライザックから名前を呼ばれた彼女は、ニコッと微笑すると、手を振り上げる。

「この最低男!!　あなたとの婚約など、こっちから願い下げですわ!!」

バッチーンという心地よい音が、周囲に響き渡った。

ライザックは打たれた方向に顔を向け、固まっている。しばらくすると頬に手を当て、まじまじとクリスティーナを見つめた。

「なっ、なっ、なにを……」

頬をぶたれたことがよほど衝撃だったのか、言葉にならない様子だ。

「ああ、やっと言えた……」

クリスティーナは目を細め、心底ホッとしたような表情を浮かべた。そのままスッと立ち上がると、周囲に頭を下げる。

「どうも皆様、お見苦しいところをお見せしました」

するとアレイス様が一番に、声を出して笑った。

「いいね、その心意気。見事だよ。ライザックとの婚約破棄の件は、僕が証人になろう」

アレイス様はクリスティーナに、盛大な拍手を送る。

アレイス様を味方につけたのなら、クリスティーナの意向はすんなりと通るだろう。

彼女も選んだのだ。ライザックとの婚約を破棄し、自分の人生を歩むことを。

「アーネット様、感謝しているわ」

ポツリと呟いたクリスティーナは、真っ直ぐに私を見た。

「まずは私も着たい服を着て、好きなドレスに身を包む。簡単なようで難しいことだけど、自分で選ぶことにするわ。今度は私があなたを真似する番ね」

吹っ切れたみたいに、クリスティーナは微笑する。

「シャロン、どこへ行くんだい？」

その時、アレイス様が笑みを浮かべ、部屋の隅にいたシャロンへ声をかけた。

シャロンはこっそりと退室しようとしていたらしく、肩を揺らして立ち止まる。

「出ていく前にまず、言うべきことがあるだろう」

そう言ったアレイス様は、あきらかに怒っていた。

「だ、だって……」

「なぜアーネットに嘘を言ったのか、教えてもらおうか」

するとシャロンは唇を噛《か》みしめ、むっつりと押し黙る。

その目には涙がたまっていて、今にもこぼれそうだ。だが、アレイス様は詰問《きつもん》をやめない。

「なぜ、アーネットとライザックを引き合わせた？　こうなることは予想できただろう。最悪の事態は免《まぬが》れたものの、罪は重い」

「だって……!!」

シャロンが弾かれたように声を上げた。

「嫌だったの。ルネストン国へアーネットが来るなんて、許せない」

「許す許さないは、君が決めることじゃない」

アレイス様がはっきり言い切ると、シャロンが息を呑んだ。

「ルネストン国へ彼女が来ることが嫌なら、君がこの国に残るかい、シャロン？」

思いも寄らない提案を聞いて、シャロンが目を見開く。

「ナイール国の王子とルネストン国の貴族令嬢の婚姻、そう悪くない縁だと思わないかい？」

にっこりと微笑むアレイス様の意図を汲《く》み取ったシャロンの顔が引きつった。

それは『この国の王子と結婚しろ』と脅《おど》しているの？　この国の王子といえば、一人しか思い当たらない。

もしやライザックと結婚しろと言っているの？　それはシャロンが気の毒すぎる。

「い、嫌よ!!　嫌、嫌、絶対に嫌!!」

案の定、シャロンは涙をぽろぽろとこぼしながら、泣き叫んだ。

「私が、どうしてあんな方と結婚しなければならないの、納得がいかない！　無理やり女性を襲おうとする卑劣な方と結婚だなんて、絶対嫌！」

「その卑劣な男に、僕の大切な女性を襲わせようとしたのは誰だい、シャロン。よく考えてみるといい」

ライザックは目の前で罵倒《ばとう》され、放心状態だ。

グッと言葉に詰まったシャロンは、下唇を噛《か》んだ後、おずおずと私に視線を向けた。

「ご、ごめんなさい。私が間違っていたわ」

謝罪を口にして、ゆっくりと頭を下げる。

私は動揺して、おろおろしながら答えた。

「顔を上げてください」

そう、彼女はアレイス様のことが好きだったのだ。だからこそ、アレイス様に近づく私が許せなかったのだろう。

今回の件はやりすぎだと思う反面、彼女の気持ちもわからなくもない。

「甘いね、アーネット」

呆れたようにため息をついたアレイス様に、顔を向けて口を開いた。

「シャロン様の気持ち、少しは理解できますから」

はっきりと言い切ると、アレイス様が肩にそっと腕を回してきた。そのままギュッと抱きしめられ、耳元でささやかれる。

「だけど、そんなところもすごく可愛い」

「ちょ、ちょっと……」

皆の前で恥ずかしげもなく私を抱きしめ、離すまいと腕に力を入れてくる。離れようとするも、アレイス様はぎゅうぎゅうと締め付けてくる。

「はい、アレイス様、離れてください。アーネット様が困っていらっしゃいます」

ヒューゴ様が近づいて、アレイス様を引っぺがしてくれたので助かった。赤くなってしまっているだろうから、顔を上げられない。

ヒューゴ様は深いため息をつき、メガネの真ん中を指でクイッと押した。そして横目でシャロンを見ると、再びため息をつく。

「まったく、あなたという方は……」

呆れ声と共に、再びシャロンに冷たい視線を投げた。

「な、なによ」

シャロンはヒューゴ様には強気な姿勢を崩さず、顎《あご》を突き出す。

「いくらアーネット様が目障りだとしても、アレイス様が一度決めたことは頑《がん》として譲らない性格だと、ご存じでしょう。長い付き合いなのですから。それを、なにをしてくれるんですか、あなたは。バカなのですか。まぁ、そうなのでしょうね」

相変らず笑顔で毒を吐いている。

相手は涙目で反省している女性なのに、容赦がないわ。

「だって、嫌だったのよ!! 彼女がルネストン国へ来るなんて」

シャロンは声を絞り出すように叫んだ。

「はぁ、シャロン様がそう思っていたとしても、アレイス様には関係ありません。こうと決めたら、絶対実行に移すのですから。本人から拒否されようと、周囲をがっちり固めて上手く連れ出すでしょう」

ん？　今、とっても物騒なキーワードが聞こえた気がする。

目を瞬《しばた》かせていると、シャロンがなにかを決意したみたいに、手をギュッと握った。

だがヒューゴ様の勢いは止まらない。

「だから、いい加減、あきらめることです。アレイス様はシャロン様のことは、妹分くらいにしか思っていないのですから」

うわっ、きつい!!　今のは相当きつい。

しかも二人を知るヒューゴ様から言われては、なおダメージが大きいだろう。

だが、意外なことにシャロンは鼻で笑った。

「そんなこと、知っているわよ。アレイスは私のことを妹のような存在だと思っているって」

そう吐き捨てたシャロンは、大きく息を吸って、静かに吐き出す。

そしてごくりと喉を鳴らし、ヒューゴ様を見据えた。

「誤解しているようだから、教えてあげるわ。私が好きなのは、アレイスではないわ。――あなたよ、ヒューゴ」

えっ？

自分の耳を疑い、まじまじとシャロンを見た。

まさか、あんなに言い争いをしていたのに？　お互い、毒を吐きまくっていたのに？　冗談なのではと、一瞬疑ってしまう。

だが、堂々と口にしたシャロンは、よく見ると手が小刻みに震えていた。もしかして強がっているだけで、内心は相当緊張しているの？

無表情のまま固まっているヒューゴ様を前にして、シャロンは吹っ切れたのか言葉を続ける。

「さっき、舞踏会の最中、アーネットの両肩に触れていたじゃない。私には会えば憎まれ口しか叩いてこないくせに!!」

「それはシャロン様こそ……」

興奮しているシャロンは、ヒューゴ様の反論を聞かずに叫んだ。

「だからよ！　アーネットがルネストン国に来たら、ヒューゴと接する機会だって増えるじゃない。そしたら、アーネットがヒューゴを好きになる可能性だってあるわ。ううん、絶対好きになるに決まっている」

どうして私がヒューゴ様に惚れることが前提なのだろう。

シャロンの思い込みは激しい。そしてズレている。

今、訂正しておかなければ、あとあと面倒になると、口を挟んだ。

「いえ、その可能性はないかと――」

「そんなこと、わからないじゃない!!」

なぜか、シャロンにきつくにらまれた。

「あなただって、ヒューゴのことを知ったら好きになるわ。それこそ、アレイスなんて顔は爽《さわ》やかだけど、お腹の中は真っ黒なんだから!!　それに執着《しゅうちゃく》もすごいし、好かれたら絶対苦労するわ。それに比べてヒューゴは、たまに毒を吐くけれど、いつだって紳士的よ」

「で、でも、シャロン様はヒューゴ様と会えば、憎まれ口ばかり叩いていたじゃないですか」

　納得できずに疑問を投げかけると、シャロンは呆れたように答えた。

「は？　なにを言っているの、バカね。かけひきを楽しんでいたと言ってちょうだい。コミュニケーションの一種よ」

　あれ、その割には激しく罵倒《ばとう》し合っていたと思うのだけど。

「でも、アレイス様のことをお迎えにいらしたのですよね？」

　そうだ、使者も出さずにわざわざ長い船旅をしてまで迎えに来たのは、アレイス様に会いたかったからじゃなくて？

「そんなの、アレイスの側にヒューゴがいるからよ。アレイスの迎えなんて、ついでに決まっているじゃない」

　あっ、左様でございますか。

　ポカーンと口を開けて呆気にとられている周囲をよそに、アレイス様は一人笑っている。

　もしや彼は知っていたの？

「シャロン、十年越しの想いをようやく口にしたな。もういい加減、僕をだしにしてヒューゴにちょっかいを出すのは、やめてくれ」

ヒューゴ様はというと、無表情のまま微動だにしなかった。

「ヒューゴ様？」

様子がおかしい彼の顔をのぞき込むも、目の焦点が合っていない。

「あの、大丈夫ですか？」

心配になり目の前で手をひらひらと振ると、しばらくしてやっと我に返った。

「ああ、すみません」

癖なのか、メガネの真ん中を指でクイッと押す。そして、いつも通りの冷静な顔で、真っ直ぐにアレイス様へ視線を投げた。

「アレイス様、私は一度、広間へ戻ります。いつまでもここにいては、皆が騒ぎ出すでしょう。適当に理由をつけて、アレイス様は部屋に下がると言ってきます」

さすが冷静さを失わないヒューゴ様は、はきはきと告げた。

えっ、シャロンの告白はスルーなの？

アレイス様は手をひらひらと振り、答えた。

「ああ、適当に言っておいてくれ。僕も後から顔を出す」

「はっ、では失礼します」

深々と頭を下げたヒューゴ様は、そのまま踵《きびす》を返す。

シャロンの十年越しの想いを聞いて、なにも思わないのだろうか。シャロンは胸の前で両手をギュッと握り、ヒューゴ様の行動をジッと見ていた。

ヒューゴ様は廊下へと続く扉へ向かうかと思いきや、なぜか部屋に備え付きのクローゼットの前まで行き、立ち止まる。一同、なにをするのかと思いながら見守っていると、彼は迷いなくクローゼットの扉を開けた。

ちょっ、ヒューゴ様、そこ違う!!　クローゼットの扉だから!!

真剣な様子に、ツッコミを入れることすら躊躇《ちゅうちょ》してしまう。

私の隣で、アレイス様が笑いを必死に押し殺していた。

「ヒューゴ、そこは違うよ。広間へ行く扉は右だよ」

たまらずアレイス様がアドバイスをすると、ヒューゴ様はくるりと方向転換する。

「申し訳ありません」

「いや、いいよ。では、上手く言っておいてくれ。頼んだよ」

ヒューゴ様は、表情だけは冷静だ。静かに頭を下げると、今度はちゃんと扉から廊下へ出ていく。

「あれは、相当動揺しているな」

ククッと笑うアレイス様の声が聞こえた。

ヒューゴ様が出ていった後、アレイス様が部屋を見回す。すると、ライザックが肩をびくりと揺らした。

「さて……」

大国の王子に視線を向けられたライザックは、その場で正座し、うつむく。

「いくら君でも、次はないとわかっているよね？　潰すよ。本当に」

「は、はい」

「それこそ君だけの問題じゃ済まなくなるくらい、痛い目を見てもらう」

最後の方のドスの利いた声が怖くて、私まで身震いした。ライザックは青白い顔をしたまま、ガクガクとうなずくことしかできないようだ。

「アーネット、少し庭園でも歩かないか？」

アレイス様は私には笑顔を向けた。

「でも、戻らなくては……」

「大丈夫。ヒューゴが上手くやってくれるはずだから」

スッと差し出された手を見て迷っていると、アレイス様は改めて微笑んだ。

「二人で話したいことがあるんだ」

私も話したいことがあったので、そっと手を乗せると、ギュッと掴まれた。

「では、行こうか」

そして、二人で部屋を抜け出した。

照明で薄明るい庭園を歩いて進む。白亜《はくあ》の女神像が傾ける水がめから、水の流れ落ちる音が周囲に響いている。舞踏会の喧騒《けんそう》とは程遠い、静かな場所だった。

アレイス様と二人きりになり向かい合って立つと、両肩をガシッと掴まれる。

「本当に怪我とかしてない？」

私をまじまじと見つめるアレイス様の顔は真剣だ。私はゆっくりとうなずいた。

「あのままだったらどうなっていたのか考えるとゾッとするが、今は考えないでおこう」

「助けてくださって、ありがとうございます」

改めて感謝の気持ちを口にすると、アレイス様はくしゃりと顔を歪《ゆが》め、ギュッと抱きしめてきた。爽《さわ》やかな香りに包まれて、目を瞬《しばた》かせる。

「君が無事で本当によかった」

私を抱きしめる彼の体は、少しだけ震えていた。

「改めて口にするけど、ルネストン国へ一緒に来てほしい。もちろん、将来は僕の伴侶として側にいてほしいと願っている」

真剣な想いを告白され、心臓が高鳴る。

「君が好きなんだ。最初は表情がくるくると変わって物怖じしないところが面白いと思った。そして、出会いからどんどん変わっていく君を、側でずっと見ていたくなったんだ」

言いながら、頬にそっと指で触れるアレイス様。

触れられた箇所が熱を帯びて、さらに熱くなってくる。

「初対面の時は、アビーに似ていると思った」

「アビー？」

初めて聞く名前に、首を傾げた。

「僕の可愛い猫だよ」

それは以前、ヒューゴ様が言っていた、街で拾ってきた猫のことだろうか。

「机の下に隠れるところとか、可愛らしい見た目だけど結構気が強いところとか、アーネットと似ているよ。アビーは元気になって、僕のもとから離れていってしまったんだけれどもね」

悲しそうに表情を曇《くも》らせたアレイス様だが、すぐに顔を上げた。

「アビーのことは、どこかで幸せに暮らしているはずだと、そう思うことにした。だが君のことは、離れたところで幸せを祈ってはやれない。僕の側で幸せにしたい」

熱く語るアレイス様の言葉が胸に響く。

「アーネットの気持ちは？」

ドクンと心臓が音を立てた。

彼に告げたいと思っていたことを、今なら口にできる。

「私もアレイス様のことが好き」

伝えた瞬間、アレイス様は再び顔をくしゃりと歪《ゆが》めた。一瞬、泣き出してしまうのではないかと思ったが、すぐに満面の笑みに変わる。

「アーネット」

勢いよく体を引き寄せられ、ギュッと抱きしめられた。

彼の胸の中に閉じ込められ、気づいたことがある。アレイス様の心臓の音がドクドクと聞こえるのだ。きっと今、私と彼は同じ気持ちなのだと、全身に喜びが駆け巡った。

「このまま、ルネストン国へ攫《さら》っていきたい」

えっ？

すぐにこの国を離れるの？　そりゃ、勢いのまま、ついていきたい気持ちもある。だけど心の準備が必要だ。

返答に困っていると、彼はフッと微笑んだ。

「なんてね。いろいろと準備が必要なのはわかっている。本音を言えば、今すぐ連れて帰りたいけれど、両親と離れるわけだし、不安もあるだろう。だが、すぐに迎えに来るから」

「ええ」

離れている時間を長く感じちゃうかもだけど、待つことにする。

「僕は約束する。必ず迎えに来るよ」

静かに見つめ合う私たちは、微笑みを交わした。

顎《あご》を指で支えられ、上を向かされたので、そっと瞼《まぶた》を閉じる。

柔らかな感触を唇に感じた時、全身が熱を持ったかのように熱くなった。腰をグッと抱かれ、密着する体。全身がアレイス様に包まれて、心地よい感触に酔いしれる。

いったん唇が離れたので、そっと瞼《まぶた》を開けた。

目の前にいるアレイス様から色気を感じて、頭がクラクラする。

「そんな可愛い顔で見つめないでくれ。我慢できないじゃないか」

アレイス様は再び私に口づけをした。

最初は優しく、徐々に激しくなるそれに、応《こた》えるのが精一杯だった。

体から力が抜けてきて、頭がボーッとする。彼の胸にもたれかかったところで、やっと唇が離れた。呼吸が楽になったのに、離れがたく感じてしまうのは、なぜだろう。

「続きは再会してからのお楽しみかな」

クスリと笑うアレイス様の声を、彼の胸にもたれかかりながら聞いていた。


そして、アレイス様が帰国する当日。

私たちは城でのお見送りのために集まっていた。

聞くところによると、先日の舞踏会の終わりに、アレイス様が宣言をしたらしい。

『鉱山物との取引の条件として、アーネット・フォルカーを婚約者に迎えたい』

この発言には一同大興奮かつ、大喜びだったらしい。

特に私の父親が狂喜乱舞して見苦しいぐらいだったと、人づてに聞いた。すごく想像がつくので、私は先に屋敷へ帰っていて正解だったかもしれない。

もちろん、舞踏会から帰ってきた父は興奮してテンションが高く、いつも以上にうるさかった。

娘を嫁に出すことに、少しはしんみりするかと思いきや、玉《たま》の輿《こし》フィーバーだった。

でも、アレイス様の発言は、少しひっかかる。彼から当日のことを聞かされた私は、プンッとそっぽを向いた。

「私はものじゃないわ」

すると、アレイス様は笑った。

「だってさ、申し訳ないけれど、他に魅力的な資源がなかったんだ。こうでも言うしかないだろう」

うっ、それは確かにそうだわ。

資源もナイ、特産品もナイ、ナイナイ尽くしのナイール国。

子供たちが街で歌う内容、そのものの国だもの。

「でも――」

そんな大国の王子が、なにもない国出身の私を婚約者として迎えて、周囲が黙っているのだろうか。急に不安になってきた。

「このようなメリットのない結婚など、アレイス様のご両親から許可が下りるのかしら」

あれから距離がグッと縮まり、二人の時は敬語を使わない約束をさせられたので、自然体に聞いてみる。

すると不思議そうにアレイス様が首を傾げる。

「なぜ？　こんなに魅力的な女性なのに」

すっと手を伸ばし、頬に触れてくる彼の表情は柔らかくて優しい。

こうして照れもせずに甘い台詞《せりふ》を堂々と吐けるのって、彼の特技かもしれない。

「心配せずとも大丈夫。なんなら、僕の名義の土地や建物をアーネット名義にするよ。そこから上手く転がすも、寝かせておくのも自分次第さ」

アレイス様は軽く言うけれど、スケールが違う。

「まあ、それじゃあ、私、その収入で宝石やらドレスやら、買い漁りますわよ。そしてうんと派手に着飾るわ」

オホホと、高飛車におどけて笑ってみせた。

「ああ、好きにするといいよ」

だがアレイス様はケロッと告げる。焦るかと思いきや、この反応。

「では、毎日豪華なドレスに宝石、一度身に着けた装飾品は、二度と身に着けませんわ」

「その装飾品は売り払い、すべて教会などに寄付するんだろう？　毎日、気の済むまで着飾るといいよ。日に何度着替えてもいい」

「それじゃあ、疲れるじゃない」

一日に何度も何度も着替えてなどいられないわ。ただでさえ、重いドレスで肩が凝《こ》るというのに。

「君の笑顔を見るためなら、なんだってしたいんだよ」

フワッと優しく微笑むアレイス様の顔を見て、頬が紅潮してくる。

「好きなだけ金を使うといい。どうせ寄付するのだし、それで世界に金が回る。だいたい貴族が金を使わなければ、庶民の生活が潤《うるお》わないだろう。還元するつもりで使うといい」

「国費を湯水のように使う、とんでもない令嬢を連れてきたな、って言われても知らないからね！」

照れを隠すために、強気で発言した。

「大丈夫、それぐらいで我が国は揺るがない。アーネットが望むのなら、そんな生活を送ることだって可能だし、好きにするといいよ」

さらっと恐ろしいこと言うなー。

「やっぱり、やめておくわ」

軽くため息をつきつつ、続けた。

「贅沢《ぜいたく》ばかりしているより、たまにご褒美《ほうび》としていいものをもらえる方が、最高に贅沢《ぜいたく》をしていると感じられるじゃない」

「どんなご褒美《ほうび》？」

「そうね、街で揚げ立てのお菓子を食べたりとか？」

真面目に答えたのに、なぜかアレイス様は噴き出す。

「なっ、なによ。私にとっては、きらびやかな宝石や華やかなドレスで身を包むことも贅沢《ぜいたく》だと思うけど、自分の好きなことをしている時間の方が幸せで、贅沢《ぜいたく》だと感じるわ」

価値観は人それぞれ。私はよそへ行っても、自分の望むように行動するわ。

「それに、贅沢《ぜいたく》な暮らしをしたいがゆえにルネストン国へ行くわけじゃないから」

そうよ、これだけは伝えておきたい。ルネストン国の財力に惹かれたわけでも、鉱山物と引き換えに行くわけでもない。

「純粋に、アレイス様の側にいたいから行くのよ」

私は自分の意思で行くのよ。

いざ口にするのは照れるものだけど、伝えておかなくちゃね。

私を抱き寄せて、そっと肩を抱き、頭を撫《な》でてくれるアレイス様の仕草から愛情を感じる。

「嬉しいよ。なにがあろうと君を守るから」

最後の台詞《せりふ》にドキッとした。

「ルネストン国王も、驚いてさらに体調を崩されるかもしれないわ」

いきなりよその国の女性を婚約者に決めて帰ってきたとなれば、卒倒するほど驚くんじゃないかしら？

「それは心配いらない」

はっきりと言い切ったアレイス様は、にっこりと微笑んだ。

「両親は僕に、いろいろな国を見てこいと言ってよその国へ行かせるのが好きでね。そのくせ、期間が長くなると、体調を崩したと嘘をついて、呼び戻そうとする。いつものことなんだ。だが、今回は花嫁を決めてきたと聞けば、感激するだろう」

「えっ？」

「父は僕にずっと言っていたんだ。『早く将来の伴侶を決めて、落ち着いてほしい。それに孫の顔が見たい』とね。知らせを聞いたらきっと、喜びで卒倒するんじゃないか」

ニコニコと笑うアレイス様は続けた。

「だから、なにも心配いらないよ。身一つで僕のところへおいで」

彼がそっと私の頬に指で触れる。甘い笑顔は、見ていると胸が熱くなる。

「アレイス様、皆がお待ちです」

ハッと気づけば、いつの間にかヒューゴ様が後方に立っていた。いつから見ていたのだろう、恥ずかしくなり、顔が熱くなる。

「ヒューゴ、いいところを邪魔するなよ」

ため息をついた後、非難するが、ヒューゴ様は気にした風もない。

「アーネット様、ご友人が挨拶《あいさつ》をしたいと申しておりましたので、お連れしました」

「ご友人って？」

首を傾げると、ヒューゴ様は扉へ行き、静かに開けた。

その先にいたのは、すらりとした長身の人物。長いストレートの髪を後ろで一つにくくって、シンプルなシャツにズボンと革のブーツを履《は》いている。顔立ちはとても美しく、思わず見惚れると同時に、気づいた。

「クリスティーナ様!?」

驚きで叫ぶと、彼女はにこりと微笑んだ。

「正解」

シンプルな装《よそお》いだが、実に生き生きとして見えた。

「本当は、こんな格好がしたかった。いざしてみると、とても身軽で気分がいい。今までの人生、損をしていた気にさえなる」

口調も以前より、ずっとサバサバした感じに変わっている。

まさかの男装令嬢――!!

彼女が望んでいたのは、こんなスタイルだったのか。

「おかしいだろうか？」

不安げな口調で聞いてきた彼女に、慌てて首を横に振った。

「いえ、とっても素敵!! 中性的な美しさで、思わず見惚れてしまいます!!」

「なら、よかった」

ふわりと微笑んだクリスティーナは、本当にかっこよく見える。

「素晴らしいわ……!!」

私は、胸の奥が震えるほどに感動していた。

まるで役者のよう!! 小顔だし長い手足で、美麗な女性の男装姿!! ああ、『お姉さま』って呼ばせていただいても、構わないかしら？

「アーネット様に言われて、目が覚めた。実はずっと興味のあった剣術も、最近習い始めたんだ。おかげで毎日が楽しくて、充実している」

「本当ですか？」

すっかり活動的になった彼女を見て嬉しくなり、話が弾む。

「両親も婚約破棄の一件で、私のことはあきらめたみたいだ。だから、好きにさせてもらうことにした。ほら、見てくれないか？」

スッと差し出された手を取ると、手の平にマメができている。

「最初は痛くてたまらなかったが、段々と硬くなってきたんだ。それでも、着たくもないドレスを着て無理やり笑顔を作っていた頃よりも、今の自分の方がよっぽど好きでいられる」

笑いながら話すクリスティーナの笑顔に、キュン死にしそう。

わ、私も好きです、そんなクリスティーナのことが!!

彼女の手を握りながら大興奮していると、急に視界を遮《さえぎ》られた。

「アーネット、なんだか今にも彼女に惚れそうな顔をしているから。あまり見ないでくれ」

アレイス様が私の目を手で押さえているらしい。

「えっ、そ、そんなことないわよ」

ドキッとしつつも、しどろもどろになると、クリスティーナは声を出して笑った。そこでアレイス様が手を離してくれる。

「アーネット様はアレイス様の熱愛を受けて、これから苦労しそうだ」

クリスティーナは、初めて会った時からは想像できないほどの、活力を感じさせる笑みを浮かべた。まさにかっこいい女性だ。もとから気高く華やかな方だったが、今は生命力に満ちあふれていて、まぶしいぐらい輝いていた。

これでは女性のファンが増えるだろう。そしたら私、ファンクラブ作っちゃおっかなー。

なんて妄想していると、ヒューゴ様が割って入った。

「アレイス様、名残惜《なごりお》しいでしょうが、エントランスフロアへお行きください。皆様が待っておられます」

「わかったよ」

アレイス様は渋々歩き出すと、扉の前で一度振り向いた。

「先に行っているから、後から来てくれ」

「ええ」

扉がパタンと音を立てて閉まると、ヒューゴ様が口を開く。

「アーネット様、本当にアレイス様でよろしいのですか？」

真剣な口調で聞いてくるヒューゴ様に、力強くうなずいた。

「ええ、私は決めたの。彼についていくって」

そう、この先、身分の差などで辛い思いをするかもしれない。だけど、自分で選んだことだもの。後悔なんて、しやしないわ、きっと。

「なら、よかったです」

ヒューゴ様は深い安堵のため息をついた。

「では、アーネット様に、一つお教えしておきます」

「はい、なんでしょう」

ルネストン国の心得とかを説かれるのだろうか。

両手をギュッと握りしめ、心構えをした。

「我が主人であらせられるアレイス様は、大変愛情深いお方です。一度、ご自分の懐《ふところ》に入れたお方は、なにがあっても手放すことはないでしょう。それゆえ、時に暴走しがちです」

え、ちょっと、待っ……

「これは内密の話なのですが——」

コホンと咳払いをした後、ヒューゴ様は続けた。

「アレイス様が可愛がっていらした猫のアビーは、今は我が屋敷でのびのびと暮らしております」

「えっ？」

「私の独断で屋敷へ連れ帰りました。その結果、今では衣食住に困らず、構われすぎることもなく、気ままな生活を送り、幸せそうです」

猫を連れ出したのはヒューゴ様だったのか。いや、話を聞く限りでは、その方が猫にとっては幸せな気がする。

「だが、アビーは逃がしてやれても、あなたのことは逃がしてやれません。そのことをお忘れなく……」

「えっ、ちょっと、それって、どういう……」

焦った私に、ヒューゴ様は微笑んだ。

「まあ、上手くアレイス様を操ってください。あなたのためなら、なんでもするでしょう。多少、愛情が重いお方ですが、権力だけはありますので」

「えっ、えっ？」

慌てる私の横で、クリスティーナが笑っている。

「なんだか、大変なお方に好かれたようね」

「わ、笑わないで!!」

そう言いながら、嬉しいと思う私も変なのかもしれない。

周囲が笑いに包まれた時、扉が大きな音を立てて開いた。

「ちょっと、遅いわよ、ヒューゴ!!」

ぷりぷりと怒りつつ扉の向こうから顔を出したのは、シャロンだ。

私と目が合うと、彼女は一瞬気まずそうに顔を逸らした。

「こんにちは、シャロン様」

「えっ、ええ、こんにちは」

普段通りに声をかけられて、少しだけホッとしたように見えたのは、気のせいではないだろう。

ヒューゴ様は、わずかに緊張した様子で背筋を正した。

「では、アーネット様、下に向かいますので、ついてきてください」

「ええ」

うなずくと、シャロンが口を挟む。

「ヒューゴ、私が直々《じきじき》に迎えに来たのだから、もうちょっと感謝を態度で表してもいいんじゃないの？」

すると、ヒューゴ様がシャロンを横目で見た。

「いえ、もう下りるつもりでしたので、大丈夫です。さあ、行きましょう」

彼の対応は以前となんら変わりなく見える。

ヒューゴ様が私をエスコートしようとしたが、シャロンがツカツカと歩み寄ってきた。

「もう、行くわよ!!」

ヒューゴ様が私に差し出した手を、シャロンがすかさず取ると、そのままグイグイと引っ張り、廊下へ連れ出そうとする。

彼女は退室する前に振り返り、私に言った。

「あなた、ルネストン国へ来るのでしょう？」

「ええ、いずれ、そのつもりです」

途端、シャロンは深いため息をつく。

「アレイスは大変よ。まあ、せいぜい頑張ってね」

そして手の平をひらひらと振ると、ヒューゴ様の腕をがっしりと掴んだ。

「さあ、行きましょう、ヒューゴ」

「まずは離れてください。これでは歩けません」

「嫌よ」

「歩行の邪魔です」

「邪魔にならないいじゃない」

そして、二人は言い争いをしながらも、階下へ行った。

「ヒューゴ様も、あの方から逃れられないでしょうね」

クリスティーナが苦笑して呟く内容に、私も同感だ。

「さあ、私たちも下りましょうか」

提案すると、うなずいたクリスティーナと共に、階下へ向かう。

城のエントランスフロアには、見送りの人々が大勢集まっていた。

赤い絨毯《じゅうたん》が敷かれた一番奥にいるのはアレイス様だ。その横にはヒューゴ様、そしてヒューゴ様の腕にしがみついて離れないのが、シャロンだった。

階段を下りると、私の存在に気づいたアレイス様が、ふわりと微笑んだ。

ああ、やっぱり、しばらく離れてしまうのね。

なかなか実感が湧かなかったけど、急に寂しくなってきた。涙がにじんでしまいそうだわ。

「大丈夫？」

隣にいるクリスティーナが気づいたらしく、そっとハンカチーフを手渡してくれた。ありがたく受け取り、そっと目頭を押さえる。これから少し、アレイス様と会えなくなる。その間、なにをして過ごそうかしら。そうね、クリスティーナの後をついて回り、彼女を観察して過ごそうかしら。いや、それは迷惑になってしまうな。嫌われては困るし。なによりクリスティーナは自分の望む人生を歩み出した矢先だ。私みたいなのに周囲をウロチョロされては困るだろう。

「アーネット」

その時、低く甘い声が響く。

アレイス様が私に右手を差し出していた。

「おいで」

その声が聞こえると、見送りに来ていた人々がさっと横にずれ、私の前に道ができた。

フカフカの赤い絨毯《じゅうたん》の先には、右手を差し出したまま微笑むアレイス様。

皆が見守る中、前を向き、足を進めた。

注目を浴びながら、真っ直ぐに彼の目を見つめる。

やがて彼の前にたどり着き、差し出された手に、そっと手を重ねた。大きな手の温もりを感じて、心臓が高鳴る。彼は私の手をギュッと握りしめてから、そっと手の甲に口づけを落とした。

そして周囲の人々に向かって、アレイス様は宣言する。

「来月、アーネットを迎えに来る。それまでに準備を進めておいてほしい」

ナイール国王を筆頭に、人々が頭を下げた。

「……と、思っていたが、やはり気が変わった」

突拍子もないアレイス様の声が周囲に響く。

「え？」

思わず声を出してしまったのは、私だった。

「迎えに来るのはなしだ。このまま連れていく」

「えっ、えええええっ⁉」

驚いて叫ぶ私の腰をグイッと引き寄せて、アレイス様が耳元でささやく。

「やはり心配でたまらない。この国の王子は変態だし、なにより、あの男装令嬢に心を奪われたらと思うと、心配で夜も眠れなくなる。いっそのこと、このまま連れ帰ることにした」

そんなことを言われても、心の準備がっ‼

「で、でも……！」

ナイール国王に視線で助けを求めるが、サッと逸らされた。あっ、アレイス様の意見に逆らうことは、厳しいのね。

「また、そのようなわがままを……。アーネット様が困っていらっしゃるじゃないですか」

よかった、ヒューゴ様‼　まともな人間がここにいた。

「ヒューゴ、お前はいつも反対をする」

ムッとした様子でアレイス様が口を尖らせる。

「いえ、私はただ、アーネット様のためを考えただけのこと」

メガネの真ん中をクイッと指で押しながら、ヒューゴ様は冷静だ。

するとアレイス様は、鼻でフッと笑った。

「ただ、心配なだけだ。目を離した隙に、自分ではない他の男の屋敷に匿《かくま》われたりするのが怖いんだ。アビーのようにな」
ア、アビーって、アレイス様が拾ってきた猫の名前じゃない。
ジロリとヒューゴ様をにらむアレイス様は、もしかしてアビーが今、ヒューゴ様の屋敷にいることをお見通しなの？

無言でメガネの真ん中をクイッと指で押したヒューゴ様は、ため息交じりに呟いた。

「……仕方ありませんね」

えっ⁉

それですべてを認めちゃうの？

「このままお連れした方が、迎えに来る手間も省《はぶ》けますので、そうしましょうか」

ヒューゴ様は私に向かって微笑み、うなずいた。

ええーっ。ヒューゴ様が寝返った‼

「それに実を言えば、私も屋敷にいるアビーと、もう一ヶ月も会っていませんので、心配です。再び会えなくなる時間が来ると思うと、辛いことですから」

まともな人だと思っていたけど、ヒューゴ様も単なる猫バカか!!

「ちょっと、アビーって誰よ！　なんのこと!?」

焦って騒ぎ立てているのは、シャロンだ。

「もしかして屋敷に女性を囲っているの!?」

勝手に誤解してヒューゴ様の腕にしがみつくシャロンに、ヒューゴ様はうるさそうに言った。

「女性が男性にしがみつくのは、みっともないですよ。離れてください」

だがシャロンは引き下がらない。

「本当のことを教えてくれなきゃ、離れないわ。いえ、むしろ、私もこのままヒューゴの屋敷に行く!!　そしてアビーとやらに、直接対決を申し込むから!!」

シャロンは相手が猫だと知らずに、戦う気まんまんだ。そんなシャロンに、ヒューゴ様は呆れ声を出す。

「いいのですか？　アビーはなかなか気の強いレディでして、鋭い爪が凶器ですよ」

だがシャロンは怯《ひる》まずに鼻息を荒くした。

「あーら、そんな野蛮な女性になんて、負けませんわ。相手が爪で勝負してくるなら、私には立派な歯があります。噛《か》みついてやるんだから」

口を開けて白い歯をギリギリと見せるシャロンは、周囲を威嚇《いかく》しているようだ。そんなことをしたら可愛い顔が、台無しじゃない。苦笑していると、ヒューゴ様が大きなため息をつく。

「あなたも気の強さでは、アビーに負けず劣らずですね」

だが、その時、ヒューゴ様が一瞬だけ優しく微笑んだのを、私は見逃さなかった。もしかして、彼もシャロンのことは、まんざらでもないんじゃない？

ただ、急に態度を変えることができないだけで。

アビーといい、シャロンといい、気の強い女性がドストライクなんじゃないかしら？

二人の掛け合いを観察していた時――

「では、決まりだね」

にこにこと微笑むアレイス様の笑顔がぐっと近づいて、言葉に詰まる。

「アーネットは、僕と離れても平気なの？」

「それは……」

本音を言えば離れたくないし、彼がいなくなったら寂しい。

だけど、それとこれとは話が別。いきなりルネストン国へ行くだなんて、心の準備ができていないわ。そんな私のとまどいを見て取ったか、アレイス様が笑みを深くする。

「そっか、じゃあ、こうするしかないか」

ポツリと呟いた彼はいきなりしゃがみ込むと、私の膝裏に腕を入れた。視界がぐらりとくると同時に、彼の腕に抱かれているのだと理解する。

「えっ、ちょっと、下ろして!!」

皆の前でお姫様抱っこをされて、動揺する。

「このまま攫《さら》っていくことにしよう」

そして見送りに来ていた人々に、爽《さわ》やかな笑みで言い放つ。

「ルネストン国は鉱山物の取引に応じよう。引き換えに、アーネット・フォルカーを我が伴侶としていただいていく!」

高々と宣言した瞬間、歓声が湧く。彼は私を抱えたまま馬車に乗り込み、そっと座席に私を下ろした。

「ちょっと、急すぎるわ……」

しかし、悪びれもせずアレイス様が言う。

「だって、離れるのは我慢できないし。心の準備ならルネストン国へ向かう船の中ですればいいよ」

強引な態度に言葉を失っていると、彼がクスリと笑った。

「だからね、身一つで、僕のもとへおいで」

近づいてくるアレイス様の端整な顔立ち。

胸が高鳴ると同時に、まっ、まぁ、しょうがないのかな？　なんて納得しかけている自分に苦笑する。

人生は、シナリオ通りにはいかない。いろんな道があるし、運命って変わるものだ。

だから、これからも自分の思うように生きるわ。アレイス様の隣で。

「アレイス様」

彼の名前を呼んだ。アレイス様は少しだけ首を傾げ、言葉の続きを待っている。

「今度はルネストン国を、アレイス様が紹介してくださいね」

ふわりと微笑みながら伝えると、彼は目を見開いた。そして頬をほんのりと高潮させたアレイス様が、嬉しそうに口を開く。

「もちろん。国中だって案内するよ、未来の妃《きさき》へ」

そっと伸びてきた手が頬に触れると体が少し震えた。緊張しているせいもあるけど、彼の嬉しそうな顔を見たせいでもあると思う。

「アーネット」

端整な顔が徐々に近づいてくる。恥ずかしくて身をよじると、彼は私の腰に腕を回し、ギュッと抱きしめた。

真正面を向かされ、彼の深い青色の目が私を射貫いていることに気づく。

情熱を秘めた瞳でじっと見つめられ、鼓動が早鐘を打った。

静かに下りてくる唇を受け止めるため、そっと瞼《まぶた》を閉じる。優しい温もりがついばむように唇に触れ、私は幸せを噛《か》みしめていた。

書き下ろし番外編

アビーからのエール

ルネストン国へ戻るアレイス様に、やや強引に連れてこられた私。

豪華な屋敷に案内され、そこで日々、これでもかというぐらい周囲の人々に甘やかされて過ごしている。アレイス様は少しでも時間ができると私に会いに来て、寂しくならないように配慮してくれている。

こんなに満ち足りた日々でいいのかしら？

そう思いながら今日も紅茶を飲み、部屋で本を読んで過ごしていた。

「アーネット!!　ご機嫌いかがかしら!?」

ノックが聞こえたと同時に、勢いよく扉を開けて部屋に入ってきたのはシャロン。

「あら、いらっしゃい」

私は読みかけの本をテーブルに置くと、静かに微笑んだ。

ルネストン国へ来てから、私とシャロンはすっかり仲良しになった。シャロンは周囲を引っかき回す台風のような性格をしているが、なんだかんだ言いつつ、私を気にしてくれる。面倒見がいいのだろう。

「今からヒューゴの屋敷へ突入するわ!!」

いきなり宣言する彼女に苦笑する。

「行ってらっしゃい」

すると、シャロンは目をパチパチと瞬《しばた》かせた。

「なに言っているの。あなたも来るのよ、アーネット!!」

「えっ、私も!?」

驚いて椅子から落ちそうになった。

シャロンは軽く咳払いをする。

「そうよ。今、ヒューゴは屋敷にいないわ。だからヒューゴが大切にしている、そのアビーとやらに会うチャンスだわ。彼女に会ったら言ってやるんだから!! ヒューゴを譲る気はないって!!」

意気込むシャロンだが、そのアビーが猫だということを知らないらしい。

「でもアビーは猫だって聞いたわ」

「そんなのこの目で見なきゃ、信じないわ!!」

鼻息荒く興奮しているシャロンを止めても無駄だろう。止めるには、実際にアビーに会うのが手っ取り早い気がしてきた。

「だからほら、早く行くわよ」

そして私は、シャロンによって強引に連れ出された。

ヒューゴ様の屋敷に到着すると、急な訪問だったにもかかわらず、丁寧なおもてなしを受けた。

そして客室に案内されて早々、シャロンが口を開く。

「私たち、アビーに会いに来たの」

対応してくれた執事《しつじ》は、優しく微笑んだ。

「アビーでしたら、すぐそこにおります」

視線を投げた先は、柔らかな日差しが入り込む窓辺。そのカーテンの隙間から、長くてフワフワのしっぽがチラリと見えた。

「アビー」

執事《しつじ》が名を呼ぶと、小さくニャーと声が聞こえた。そして窓辺から軽やかに下りると、私たちの前に姿を現した。

パッチリとした大きな目に、艶《つや》やかな茶色の毛並み。少し首を傾げながら私たちを見つめている。

かっ、可愛い。

「おいで、アビー」

気がついたら、私は無意識のうちに名を呼んでいた。しゃがみ込み、手招きする。

アビーは警戒することなくトコトコと近寄ってくると、私の指先をペロリと舐めた。

ザラザラした感触に、思わず笑いがこぼれた。

私はたまらずアビーをそっと撫《な》でた。柔らかな毛並みの触り心地がとてもいい。それにアビーも嬉しそうだ。そのうち、喉の奥からゴロゴロという音が聞こえてきた。

「なんだ、本当に猫だったのね」

拍子抜けしたような声を出すシャロンだが、声は安堵している。シャロンも私の隣にしゃがみ込むと、アビーを撫《な》でようと手を伸ばした。

するとアビーはいきなり頭を低く沈め、背中を丸くした。目を吊り上げ牙をむき、口からシャーと威嚇《いかく》音を出している。

「な、なによ!!」

これにはシャロンも慌てて手を引っ込めた。

「申し訳ございません。アビーは少々、気難しい猫なのですが、大丈夫でしょうか」

「…………」

焦っている執事《しつじ》の言葉を聞きながら、シャロンは目を細めスッと立ち上がる。そしてアビーに向かって、ビシッと指を突き付けた。

「私のことをライバルだと思って、警戒しているんでしょう!! やるじゃない、アビー」

アビーはツンと顔を上げ、シャロンを横目で見ている。

まさかお互いが意識する関係になるとは、思いもしなかった。苦笑していると、静かに扉が開く。姿を現したのはヒューゴ様だった。

「集まって、なにをしているのでしょうか」

その声が聞こえると、一瞬でシャロンの表情が明るくなった。

「ヒューゴ!!」

嬉しそうに駆け寄る。そしてアビーも甘えた声を出し、シャロンの後に続いた。

「アビーに会いに来たのよ」

「そうですか。可愛らしいでしょう」

ヒューゴ様は、アビーを優しい目で見つめた。

するとシャロンはヒューゴ様の足元にまとわりつくアビーに、チラリと視線を投げた。

「まだ勝負はこれから、ってとこかしら」

ヒューゴ様は小さくため息をつく。

「猫相手になにを競っているんですか、あなたは」

ヒューゴ様は呆れたような声を出しつつしゃがみ込むと、床に寝そべるアビーを撫《な》でた。アビーはゴロゴロと甘えた声を出している。

シャロンに対する態度とは雲泥の差に、思わず笑いそうになる。

「それはそうとアーネット様。ここに来ること、アレイス様にお伝えしましたか？」

つとヒューゴ様が、真面目な顔を私に向けた。

「いいえ、直接伝える機会がなかったので。ですが、伝言を頼んできました」

「そうですか。それはまずいですね」

ヒューゴ様はメガネの真ん中を指でグッと押した。なにがまずいのだろう。

疑問に思ったと同時に、勢いよく扉が開いた。

「アーネット!!」

瞳をきらきらと輝かせ、満面の笑みを浮かべているのはアレイス様だ。

「いきなりヒューゴの屋敷に行ったと聞いたから、驚いた。会いたかったから迎えに来たよ」

両手を広げ近づいてきたアレイス様は、私をギュッと抱きしめた。

ちょ、ちょっと皆が見ているから!!

「ア、アレイス様……!!」

真っ赤になって抵抗するも、私を拘束《こうそく》する手はさらに強くなる。

「ほら、またその呼び方。いつも言っているだろう? アレイスと呼んでと」

私の動揺などつゆ知らず、周囲の視線もお構いなしだ。私の頬に両手を添え、真っ直ぐに視線をぶつけてくる。

「ちょっとアレイス!! 私たちが空気になっているじゃない」

シャロンの呆れた声が響く。いいわシャロン、もっと言ってちょうだい。

「ああ、いたのか。シャロン」

アレイス様が、ふと視線を向ける。

「そうよ、今日は私のライバル、アビーに会いに来たのよ」

「アビー?」

ピクリとアレイス様の片眉が動いた。しまった、もともとアビーはアレイス様の愛猫だった。その異様なまでの可愛がりように嫌気がさした結果、アビーは家出をした。そしてヒューゴ様に保護されて、屋敷に住んでいると言っていたっけ。

「そうよ、私に向かって威嚇《いかく》してきたのだから‼　あの猫は……」

クルッとシャロンが振り返ると、アビーの姿は消えていた。

「あらっ⁉　どこへ消えたのかしら」

キョロキョロと周囲を見回すシャロン。アレイス様は、無言で部屋の中央に置いてある机に近寄った。そしてしゃがみ込むと、下をのぞく。

そこには身を縮こませ、小さくなっているアビーの姿があった。

「やっぱりここにいた。久しぶりだね、アビー」

アレイス様は手を伸ばすと、アビーを引き寄せた。そしてそっと胸に抱く。

「僕のもとにいた時より、表情が和らいでいる。毛並みもいいし、ちゃんと可愛がってもらっているみたいだね」

アレイス様の胸に抱かれたアビーは身をかたくしつつも、申し訳なさそうにニャーと一声鳴いた。

アレイス様は愛おしそうにアビーを二、三回撫《な》でると、ヒューゴ様に引き渡した。

「幸せそうで安心したよ。これからもよろしく頼む」

「ええ、アビーは我が家の一員ですから」

ヒューゴ様の胸に抱かれたアビーは安心したように、その身を任せている。

「さぁ、帰ろうか。アビーの元気な姿も確認できたし」

アレイス様は私の手を取った。

「戻ったら紅茶を飲もう。君が好きだと言っていた紅茶の葉を、何種類か取り寄せたんだ。それともここまで来たついでに、街に寄っていこうか。一緒にドレスや装飾品を見て回るのもいいかもしれない」

「えっ、でも……」

戸惑っていると、アレイス様に腰を抱かれグッと引き寄せられた。

「前にも言ったよね？　君の喜ぶことは、なんでもしてあげたいんだ」

真剣な表情で熱意のこもった視線を送るアレイス様。彼を見ていると、ふとヒューゴ様から言われた言葉を思い出す。

アレイス様は大変愛情深い方で、その愛は時に重く、暴走しがちだと――

「二人の世界に入らないでくれるかしら？」

シャロンが呆れたように笑っている。ヒューゴ様もまた、肩をすくめ苦笑している。

私は首からカーッと赤くなった。

「そ、そんなことないわ!!」

訂正するも、周囲の生ぬるい視線が私につき刺さる。

「さぁ、行こうか。アーネット」

やや強引にアレイス様は私の手を引く。ヒューゴ様に抱かれたアビーが、私の動きをジッと目で追う。そして一言、ニャーと鳴いた。

それはまるで『これから頑張ってね』と、アビーからそうエールを送られているような、そんな気持ちになった。

新感覚ファンタジー
RB レジーナ文庫

恋の延長戦を迎える!?

レジーナブックス Regina

転がり落ちた聖女

夏目みや イラスト：なな

定価：704円（10%税込）

一年前、異世界に聖女として召喚された紗也《さや》。役目を果たし、王城で帰還の儀式に臨んだのだけれど、なぜか裏山へ飛ばされてしまった!! 今さら城へ戻るに戻れず、紗也は日本に帰る方法を探しながら、街の教会で歌い手となることに。そんなある日、彼女のもとにかつての護衛リカルドが現れて!?

詳しくは公式サイトにてご確認ください
https://www.regina-books.com/

携帯サイトはこちらから！

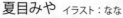

本書は、2019年5月当社より単行本として刊行されたものに書き下ろしを加えて文庫化したものです。


この作品に対する皆様のご意見・ご感想をお待ちしております。

おハガキ・お手紙は以下の宛先にお送りください。

【宛先】

〒150-6008 東京都渋谷区恵比寿4-20-3 恵比寿ガーデンプレイスタワー 8F
（株）アルファポリス　書籍感想係

メールフォームでのご意見・ご感想は右のQRコードから、
あるいは以下のワードで検索をかけてください。

アルファポリス　書籍の感想　検索

ご感想はこちらから

レジーナ文庫

清純派令嬢《せいじゅんはれいじょう》として転生《てんせい》したけれど、好《す》きに生《い》きると決《き》めました

夏目《なつめ》みや

2022年9月20日初版発行

文庫編集－斧木悠子・森順子
編集長－倉持真理
発行者－梶本雄介
発行所－株式会社アルファポリス
〒150-6008 東京都渋谷区恵比寿4-20-3 恵比寿ガーデンプレイスタワー8階
TEL 03-6277-1601（営業）　03-6277-1602（編集）
URL https://www.alphapolis.co.jp/
発売元－株式会社星雲社（共同出版社・流通責任出版社）
〒112-0005 東京都文京区水道1-3-30
TEL 03-3868-3275
装丁・本文イラスト－封宝
装丁デザイン－AFTERGLOW
（レーベルフォーマットデザイン－ansyyqdesign）
印刷－中央精版印刷株式会社

価格はカバーに表示されてあります。

落丁乱丁の場合はアルファポリスまでご連絡ください。

送料は小社負担でお取り替えします。


ISBN978-4-434-30855-0 C0193

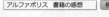